解忧包子铺

柒先生 著

北方联合出版传媒（集团）股份有限公司
万卷出版公司

图书在版编目（CIP）数据

解忧包子铺 / 柒先生著 . -- 沈阳 ：万卷出版公司，
2016.11（2017.4重印）

ISBN 978-7-5470-4318-9

Ⅰ．①解… Ⅱ．①柒… Ⅲ．①故事－作品集－中国－
当代 Ⅳ．① I247.81

中国版本图书馆 CIP 数据核字（2016）第 243297 号

出版发行：北方联合出版传媒（集团）股份有限公司
　　　　　万卷出版公司
　　　　　（地址：沈阳市和平区十一纬路 25 号　邮编：110003）
印 刷 者：北京鹏润伟业印刷有限公司
经 销 者：全国新华书店
幅面尺寸：145mm×210mm
字　　数：150 千字
印　　张：8.25
出版时间：2016 年 11 月第 1 版
印刷时间：2017 年 4 月第 2 次印刷
责任编辑：胡　利
责任校对：彭力胜
封面设计：张龙梅
ISBN 978-7-5470-4318-9
定　　价：36.00 元

联系电话：024-23284090
邮购热线：024-23284050
传　　真：024-23284521
E-mail：wanrongbook@163.com
网　　址：http//www.chinavpc.com

包子铺

鲜肉 萝卜 辣椒 荠菜 灌汤 火腿 韭菜 酸菜 豆沙

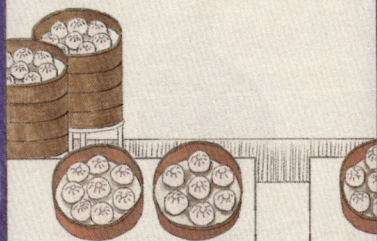

我叫柒先生，胡子一大把，养了一条叫作柒小汪的金毛狗，在青岛开了一家叫作"柒小汪包子铺"的包子铺。

男生说，我们好好努
力两年，就结婚，好吗？
　　姑娘说，好。

男生说，你别
哭啊。
　　傻姑娘真多，
还好，傻人有傻福。
你说，最美的时候，
最爱的人在身边，
还有什么事儿扛不
过去？

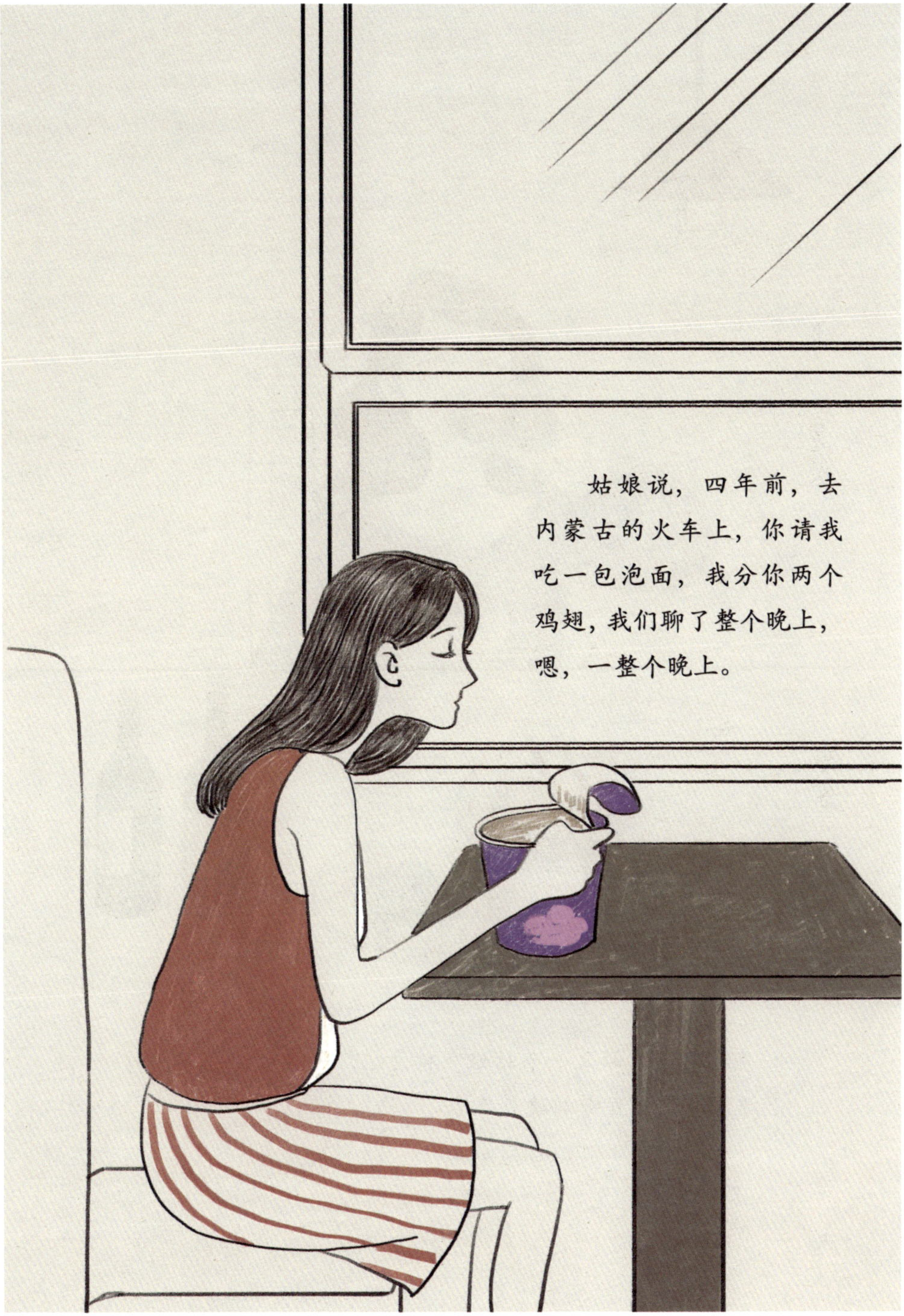
姑娘说，四年前，去内蒙古的火车上，你请我吃一包泡面，我分你两个鸡翅，我们聊了整个晚上，嗯，一整个晚上。

我就认识那么一个姑娘，特爱吃，一盘红烧茄子当作下酒菜，能一直喝到凌晨三点。

那时候，最好的睡前读物是越洋的短信，盯着盯着就会迷迷糊糊睡着，等醒来，看到手机好几条信息，就开心地做着阅读理解，一句话，翻来覆去地读，直到把这句话的所有甜榨干，才开始读下一条。

很久以前，春春跟大川去动物园看大象，那是夏天的时候，他们俩确认了关系，天天腻在一起。

目　录
Contents

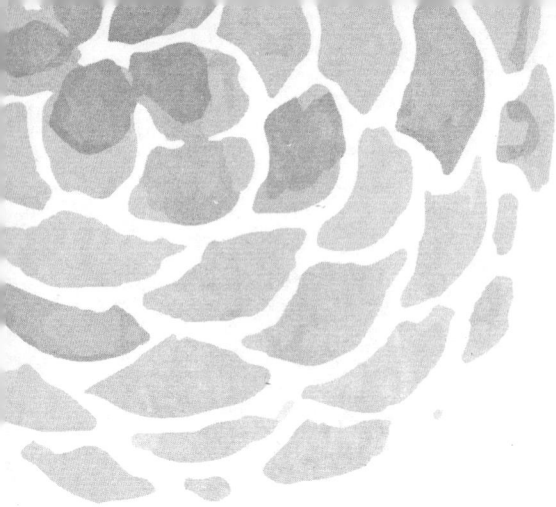

酒满上，我们谈情说爱

一

从一只狗到一家包子铺，走了一年，现在突然要实现了，有点紧张。没想过这么快，也没想到会走到这一天，更没有想过将来会变成什么样子。就想单纯地做自己的包子，跟全国喜欢柒小汪的朋友，喝点小酒聊聊天，唯一的要求：你从天南海北来，别空手，带好故事和梦想，我要听你说。

我喜欢用这种有趣的方式遇见你的故事，认识你，你吃完包子，擦擦嘴，跟我说声谢谢，往后的路上再遇见能打个招呼，那就不枉相识一场。人和人的缘分是一件很奇妙的事，尽管我不信缘分之说，但是我相信遇见谁都是命里该有的。陪我走一段路的，酒满上，我干了，你随意。陪我走很长很长一段路的，你在哪里，不重要，无论路多难，知道有你在，我就敢再自己扛一会儿。

目前包子铺有很多种口味，韭菜鸡蛋、小葱猪肉、香菇油菜、牛肉，可能包子没你喜欢的口味，不急，楼下有二十四小时便利店，给我一个小时就够，面和好馅儿拌好，你开心就好。你也可以跟我一起，和面拌馅儿捏十八个褶，在柒小汪包子铺，无须寒暄，拒绝陌生，你做自己就好。

柒小汪包子铺，是柒小汪的新家，现在没你想象中那么文艺，那么好玩，一点不高大上，它甚至有点寒酸，是一个养狗老爹的梦想，还在一直慢慢精细的装修中，希望将来慢慢呈现给你们的时候，你们没那么失望。我们不止一次地怕你失望，怕它没有还原成宠物情感美食小说《我要我们在一起》里那个样子，好在狗还是那条叫作柒小汪的狗，人还是那个白案厨子柒先生。

柒小汪从六岁那年跟着我，有三个年头了，现在我终于可以安静下来陪她做点有趣的事儿了，我们有了这一家古怪的包子铺，我们没有固定的菜单，只要你讲一个故事，我们会根据你的故事做菜，拿回忆当成下酒菜，想想也是一件很酷的事儿，如果不嫌弃，跟我聊聊你的喜怒哀乐，我至少可以陪你聊三瓶啤酒。

在忙碌的人生里，遇见一些有趣的人，比吃什么更重要，很希望在我和柒小汪的世界里遇见一个如你一般温暖的人，你会携故事而来，带点碎雨阳光的气息，我们温热一杯酒，你微笑着跟我说，很高兴认识你。我端着一盘还算能吃的小菜跟你说，你的人生，请慢慢享用。

我们不是一家专门的餐厅，也达不到米其林厨师的级别，如果你是一个对吃超级有研究的吃货达人，大概会让你挺失望的，我们只是能做点我们所以为的只属于你的故事，拿回忆下酒，拿未来解馋，但愿你能多担待。

我们当初打算开这样一家不符合大众主流的包子铺，就是想招待那些跟我一样，活在现实的憋屈里，但是有梦敢去奋斗，每一个认识柒小汪的朋友，我们不奢望将来多么大富大贵，至少我们活得像自己，哪怕那么稍微一丁点儿为自己而活，就够了。离开柒小汪包子铺或者天明了，我们依然继续努力奋斗，我们不止相信未来很暖，是因为我们足够愿意去奋斗，去遇见最暖的那一天。

这不是一家传统意义上的包子铺，我们暂时采用邀请制试吃，把你的故事做成有趣的食物，用食物去治愈你的一切，至于能开多久，目前可以很负责地说：开到倒闭为止。四月一日，我们会邀请朋友开始试吃，我们怀着对一个包子的尊重，也深知我们用心做的包子应该有更有趣的价值。我们就想做点儿有趣的事，认识一些有趣的人，每天暂时只营业两桌，特色是包子，还有各种烤鸡翅、烤肉、烤蔬菜和小菜泡菜，我们还有养家糊口的职业，对于梦想，我们能做的最大退让就是两桌。

如果夏天来临，我们可以在天台上数星星，数月亮，聊点诗词歌赋，喝点小酒，吃个小龙虾，青岛夏天的夜晚还是有很多故事可以发生在烧烤配扎啤的时光里的。我们的店目前不接受陌生拜访，我们接受水到渠成的自然安排，上天安排让谁遇见谁，都有它的道理，别强求相遇，当然，如果你是柒小汪的微信好友，我们会优先安排，你看，有时候幸福也是可以插队的，只要你足够努力去争取幸福。

二

柒小汪包子铺的原型是宠物情感美食小说《我要我们在一起》里虚构在马家屯的一个包子铺，现实里它在青岛李沧万达，是一个最多容纳十个人没有外卖的包子铺，柒小汪是老板，还有一只叫作茜茜的大白猫是前台，其余的就是柒先生和他的朋友们。

很久以前我们是一家广告公司，做得还不错，养家糊口。2014年年底我们想换一种方式重新生活，于是就有了这样一家包子铺。我们的初衷就是怀揣一个梦想：开一家有趣的包子铺，吊儿郎当度过余生。这个念头持续了一年多，终于不安分地实现了，那感觉实际上挺棒的，就像菜切好了，油热了，接下来葱姜蒜爆锅，翻炒掂勺。

所以，欢迎光临柒小汪包子铺。

我们想做一家小众而小众的包子铺，所以我们想到了一种有趣的开包子铺的玩法，我们想找寻一百位梦想合伙人一起开包子铺。我曾经想有一份不用打卡上班相对自由养家糊口的工作，跟一群好朋友做点儿理想中的事儿，现在这个梦想正在实现，我们的包子铺四月一日，准时开业。

我们想到了梦想众筹，一起从一个温暖的地方出发，去认识一些有趣的人。小店新开业，我们要招募一百个梦想合伙人，从柒小汪包子铺开始，去发现生活的一百种可能，现在这个梦想已经照入现实，谢谢每一位陪我们走在路上的梦想合伙人。

柒小汪包子铺是一家古怪的包子铺，我们只采用邀请制的模式来吃，那么谁有资格来邀请朋友一起吃呢？没错，一百位梦想合伙人，你可以邀请你的朋友一起来尝尝柒叔做的七道有趣的菜加一笼热乎的包子。只有收到我们梦想合伙人邀请的人，我们才接待，需要提前三天预约，被邀请的人最好携带你的故事一起来柒小汪包子铺。

我们没有宏伟的全国连锁的梦想，我们就是想做一家只能盛放下十几个人的小天地，我们还有其他的工作要做，这不过是我们在俗世面前给自己构建的一个乌托邦而已，喝酒聊天吃包子。

放心，你一定会来青岛，柒叔一定会亲自下厨，七道菜一笼包子，不敢说特别好吃，但敢说是用良心做的治愈系美食。听说，你的故事很好吃。

三

2014 年年底，关了一家广告公司，2015 年愚人节开了一家包子铺。大概之后的人生要在和面和拌馅中开心地度过了，若你路过青岛的马家屯，不妨来喝杯酒聊聊天，我炒的蛤蜊很好吃的，辣香辣香的。

关掉广告公司前，柒小汪说，爸，你都多大的人了，还净让我瞎操心，我是一条狗哎，还要每天写书养活你。狗粮你给我换点好吃的，啤酒能给温热一下吗，炖排骨的时候别放盐，你抽一包烟，知道我狗爪子要啪啦啪啦敲多久吗，操碎了心啊！

大概十年前，我就习惯了别人的嘲笑，不就会写俩臭字啊，还能出书咋地！我觉得他们说得好有道理，我当时掩面而逃，十年后，我们家狗的第一本书《我要我们在一起》上市了。那些嘲笑的声音越来越小了，后来才发现，你跑得越快，那些谩骂的声音就会越来越小，未来的路上还有人继续嘲笑你，包个包子能包出花啊！但是我觉得，只要包子足够大，一定能堵上他们的嘴。

我感谢那个一直陪着我的姑娘，把一只叫作柒小汪的金毛狗带进我生命的姑娘，感谢你在我最落魄的时候跟我说，你就好好写，我养你啊！我不知道你们还相信不相信爱情，反正我觉得你生命中总有一个姑娘，会身披阳光走进你的生命里，然后照亮你生命中所有的黑暗角落，那光芒老亮了，刺眼。

该温一壶小酒，备俩小菜，好好跟过去告别一下。接下来，该结婚生子了吧！俗世面前就是这么现实，柒小汪也会嫁人，我该会哭成狗把她的爪子递给王小喵，说，希望你们以后好好相爱，别吵吵，别动手，过好自己的日子。

我们两个星座相书上说不合的人，相爱了七年，也吵也闹，但是怀抱比一切话语好使，只要牵了手的手别撒手，挺过去，大概会进入另一个节奏：婚姻。七年之痒，除了自己挠一挠，你还指望谁，情感鸡汤要是能过好日子，我包的包子都会飞，因为它也有翅膀啊！

感情的世界里，多数是这山望着那山高，自己眼前的牛肉拉面永远不如别人的麻辣烫，啃着肉夹馍永远想尝尝人家的煎饼果子，点了水煮鱼又被毛血旺吸引，你说人心要是静一静，那这个世界多美好，相爱的人都该白头偕老的。

我还相信有一个美好的未来，你最好也相信。梦想也好，爱情也好，总有一个会改变你所有的轨迹，让你重新遇见一片新的风景，时间销骨，岁月磨皮，你终究会改头换面，那个时候回头看，那深深浅浅的脚印老漂亮了。

人啊，该坚持点自己的东西，要不活得多无聊啊！管别人的看法干嘛啊！你回头看看，我们这些年活在所有世俗价值的桎梏里，我们得到我们想要的东西了吗？只要我们努力工作，努力谈恋爱，努力去实现梦想，我们过得开心就好。

我做了我喜欢的决定，重新去开始一种新的生活，我享受剁馅和面捏十八个褶的快乐，我享受葱姜蒜爆锅的快乐，我享受揭开笼屉那一刻迎面而来蒸气的快乐，我是我自己就好了。

我希望那些陪我听我讲故事的每一个人，去热爱你喜欢的生活，跟你喜欢的人在一起，将来有一天，路过马家屯第二胡同口，你说一句，叔，来一笼热包子。那个时候，我想这是世界上最动听的话。

四

2005 年喜欢上一个姑娘，开始写故事，2014 年爱上一个姑娘，将故事变成几本书。用三年离开一个故事，用六年重新经历一个故事，我叫 @柒个先生，我住在一个沿海城市，养一只叫作柒小汪的金毛狗，开了一家叫作蓝尚概念的广告公司。

高考前，喜欢上一个姑娘。她背她的唐宋元明清，我算我的氢氧钠镁铝，我们会在学校的食堂里点一份西红柿炒蛋和酸辣土豆丝，她喜欢听我讲笑话，她喜欢吃棒棒糖，她喜欢阿杜的歌，她喜欢我写给她的情书，我喜欢给她讲笑话，我喜欢给她买棒棒糖，我喜欢给她买阿杜的磁带，我喜欢给她写情书，我就是那么奋不顾身地喜欢她。

喜欢大概不用一辈子那么久，你看，你喜欢吃酱香猪蹄，你不会天天啃，你喜欢吃麻辣鸭头，你不会天天啃，你喜欢吃炭烤羊腿，你也不会天天啃，但是你啃完的那一刻，指头那么一吮吸，你觉得那一定是这个世界上最好吃的。

所以多年后，回味分手的那一刻，我一直觉得，相见时难别亦难，铁板肥牛加点盐。

大学毕业后，爱上一个姑娘。她跟我的距离隔着一首杨丞琳的《左边》、一盘香菜肉丝、一盘东北大拉皮、两杯扎啤。那天晚上，我们打了一晚上的电话，最后挺尴尬，一个女人打断了我们愉快的交谈，移动的客服说，您的话费余额已不足，请及时充值。

忘记是谁牵谁的手，只记得当时，老冰棍五毛钱一支，她一支我一支，我们就变成一块了。这些年我们吵过骂过，经历所有人经历的柴米油盐，过着简单快乐的日子。我们的爱情没有《我与柒小汪的七个约定》里柒小汪遇见王小喵那样有趣而精彩，但是过得踏实，六年，我从一个炒西红柿鸡蛋会糊锅的孩子，变成了一个能包包子会烙火烧、会炒十三道川菜的厨子。

后来终于知道，喜欢一个人是从一碗阳春面素雅干净到一碗油泼面热血激情，最后一碗炸酱面挫骨扬灰相安无事。每一段感情都是初恋，初倾心，终白头，你看，哪一碗面不抵饿，也许你终会记得那一碗鸭血粉丝汤配蟹黄包好吃，但是只要你端起那碗面的时候，没有去想鸭血粉丝汤，就是对这一份爱情最好的尊重。

后来她结婚了，再后来我也会结婚，两个故事，两条平行线，无缘再见，彼此幸福，也不再想念。

很多事情，你知道需要放下，但是，唯一遗憾的是，放下前，忘记了再夹一块红烧肉。从前天天见面的人，现在见一面都是奢侈，因为面又涨价了，十八块钱一碗！到最后，终于发现没有人值得你为他流泪，除了洋葱、辣椒和芥末。

我住在青岛，炒的一手好辣蛤蜊，如果你对蛤蜊感兴趣，买两袋扎啤来找我，谈谈诗词歌赋，聊聊人生，一口扎啤，一口辣蛤蜊，那感觉，超爽的。也许将来有一天，柒小汪的包子铺开业了，你还能吃到地道的韭菜鸡蛋包子、小葱猪肉包子、香菇油菜包子、牛肉包子什么的。那个时候，门口会放着小喇叭：十元香包店，一律十元，走过路过千万不要错过，一律十元，你买不了吃亏，也买不了上当。

每一个人的人生都有一大串讲不完的故事，我大概有两串，一串是烤板筋，一串是烤韭菜。烤板筋是跟生活较劲，生活无论是一块多么难啃的骨头，也要跟我们家柒小汪一样，摆好板鸭的姿势，前爪抱紧骨头，用犬齿跟它耗。烤韭菜是跟爱情较劲，人生没有那么多刚刚好，喝了一杯焦糖玛琪朵，遇见自己爱的人，然后说一句我爱你，生活大概就是牙上挂着韭菜，还能一本正经地说，媳妇，我想疼你一辈子。到底有多疼，你看，人家都承受给你生孩子这种终极疼，你还好意思喊生活给你的那点儿疼。揉揉生活给你的伤，努力工作，为啥一定要出人头地呢？只要媳妇说，我想吃六块钱多加肉的馍。不叨叨，不磨叽，掏钱就行。

我终究是市井之内的俗人，脾气还算好，从小没跟任何人红过脸，除了二锅头。若你也是一个有故事的人，一定要讲给我听，来，用你的故事感动我，好不好？

咱们若是有缘，书里见。还是老话，你从天南海北来，别空手，带好故事和梦想，我要听你说。包子已经入烤箱，小酒正在温热，就差你的故事啦，欢迎光临柒小汪包子铺，很高兴认识你。

我想跟你一起洗手做羹汤交杯入洞房

一

我叫柒先生，胡子一大把，养了一条叫作柒小汪的金毛狗，在青岛开了一家叫作"柒小汪包子铺"的包子铺，来店里的人，习惯叫我柒叔。

店里有一条奇葩的店规，只要客人讲一个故事，就可以免费吃包子，嗯，还别说，真有不少人来吃，实话讲，真不是蹭吃的。这世界真奇妙，所以，你从天南海北来，别空手，带好故事，我有啤酒花生和毛豆，我要听你说。

开张那天，场面很浩荡，一大群人有秩序地排着队等第一笼包子面世，这是包子铺第一代产品，称为包子一代，香菇油菜馅儿的。那当季的小油菜配上香菇碎丁，拌上香油五香面，搅匀。皮薄馅儿多，就那么一蒸，白皮透着那么一股绿，清新又爽口。

第二天，推出了包子二代，猪肉大葱馅儿。这五花肉要肥三瘦七，绞成碎馅儿，大葱要葱白七葱叶三，馅儿里配上自制的辣酱，十八个褶，褶褶有肉香，褶褶冒着香。

第三天，推出了包子三代，韭菜鸡蛋馅儿。新鲜韭菜切成一厘米等长，鸡蛋摊成饼切成丝，趁着热乎劲儿，加料拌匀，那黄绿搭配，养眼又好吃。

第四天，推出了包子四代，牛肉馅儿。那细腻的刀工，馅儿碎得那么彻底，配上些许白萝卜，好吃到就像回了一趟姥姥家。

柴小汪说，生活就像柴小汪包子铺推出的包子，你永远不知道明天会出什么口味？就在大家都期待我们推出第五代包子的时候，我们推出了4S，没错，是肉丝、笋丝、木耳丝、胡萝卜丝综合口味的包子。好吧，我承认，是鱼香肉丝口味的包子。

二

有那么一个姑娘特喜欢这口味的包子，每次都是点两笼，一笼在店里吃，一笼打包带走，后来有天晚上，姑娘来得有点晚，那天是七夕。我说，只剩下一笼了。姑娘说，能不能放一首歌给我听？我要听《我不是随便的花朵》。

我说，好。

姑娘找了一个墙角坐下，我给她上了一笼包子一碗小米稀饭，没一会儿，她说，老板，你们家的辣酱怎么这么辣？然后，她哇的一声哭了，吓了我一跳。我说，你别哭啊！有话好好说。

姑娘说，我喜欢上了一个人，可是，他却为了一个经理的职位跟我们总监那个老女人好上了。真可惜了，那些天买的鱼香肉丝的包子，最后都被猪拱了。

我递给姑娘一叠纸巾，我说，你先擦擦眼泪，吃饭的时候生气不好，你看，你本来可以吃两笼，一生气，一笼都吃不掉，这样，我少赚好几块钱呢。

姑娘突然扑哧乐了，你这老板，太无情，太残酷，太无理取闹了。

我说，我哪里无情，哪里残酷，哪里无理取闹了？

姑娘倔强地说，你哪里不无情，哪里不残酷，哪里不无理取闹了，我都这样了，你还不安慰我，还关心你的包子。

我从旁边拉过来一把椅子，坐下来，说，失恋了，能咋地，还能掉块肉吗？就算掉块肉，能咋地，切成肉丝剁成馅，拽一把小葱，撒点五香面味极鲜，搅拌一下，你还能遇见苞米面，也能遇见小麦面，就那么一捏，十八个褶，还是一份很好的爱情。

姑娘说，我进公司的那天，他对我很好，指导我如何打电话，如何约见客户，如何出单，就连我连续两个月不出单没业绩的时候，他还是愿意借给我钱，偷偷把单给我，让我度过了毕业实习最灰暗的那段日子。

他组织整个部门的人给我过生日，我加班到很晚，他会送我回家。我记得有一次，我穿着高跟鞋去见客户，不小心扭伤了脚，他背着我去医院，他给我熬鸡汤，他给我讲笑话，他跟我说他的苦恼和秘密，我以为的爱情，也不过就是这个样子吧。

我出第一个单的时候，他当着整个部门的人夸我用功努力，我请他吃牛排套餐，他也不拒绝。就连上一个情人节，他怕我一个人收不到鲜花尴尬，他送我玫瑰花，可是今天他答应陪我看电影，我去了电影院，给他打电话，打不通，却看见那个老女人抱着爆米花，挽着他的胳膊。我就算是单身狗，也没有他这样虐狗的啊！

然后姑娘生气地把电影票扔在桌子上，说，我想喝酒了！

我说，你跟人家表白了吗？

姑娘说，没有啊！很明白啊，他喜欢我，我喜欢他。可是，他说，他下个月就跟那个老女人结婚了。

我说，人家对你的好，出于习惯出于礼貌，你当真了。现在，你知道就好了。

姑娘突然有点激动了，他不喜欢我，他干吗招惹我啊！

我说，怎么说呢，你看。我指着坐桌子上的包子继续说，鱼香肉丝里是没有鱼的，鱼香是假象，你一口咬下去，以为得到的是鱼香，那不过是一种味道而已。爱情呢，终究是两个人的事，两厢情愿未必在一起，包子蘸醋，大葱蘸酱，你和他，没有点破窗户纸的爱情叫作暧昧，小暧怡情，大暧伤身。就算你捅破了窗户纸，能咋地，还不是看到他们俩在屋里卿卿我我。

姑娘说，你说我是不是就是一个大傻×，明知道不能跟他在一起，还傻傻地喜欢他。你去啊，去给我拿酒。

原来我们都曾一根筋地爱过一个人，以为会天长地久，最后落一个自作多情收场，若是喜欢，当初为什么不张口，藏了几许矜持，露了几许暧昧，书上说，那叫类爱情，是我们都在享受这种不用承诺，却跟情侣一样的生活，有事钟无艳，无事夏迎雪，可是，留恋的享受，其实都在冥冥中标了价码，有一天，伤心会来收租，本金加利息，日久生情，这情字哪好一笔勾销，滞纳金万分之五，慢慢还吧。

我说，烈酒伤身，动情伤心。

姑娘说，我就想喝点酒，晚上不失眠。

三

这时候包子铺师傅径直向我们走过来，然后冲着我说，老板，这姑娘的酒我请了。

姑娘疑惑说，你又没失恋，瞎喝什么酒。

我也很疑惑地问，你不是去看电影了吗？

包子铺师傅自己去拎过来一捆啤酒，打开一瓶，然后竖起瓶子，咕嘟咕嘟地喝了起来，姑娘和我当时就吓傻了，这是什么节奏啊。喝完一瓶，包子铺师傅又打开一瓶，然后被姑娘一把夺下来，然后姑娘说，就显摆你能喝，是吧！

然后姑娘准备竖起瓶子，开始吹。包子铺师傅从口袋里掏出一张电影票，拍在桌子上，说，我才是那个大傻 ×，好吗？

我和姑娘彻底蒙了，包子铺师傅又喝了一口啤酒，我记得他以前滴酒不沾的。然后他对着姑娘说，从你来包子铺第一次买包子，我就喜欢上你了。以前我不相信这个世界上有一见钟情，可是我遇见了你。我看到了你的实习工作牌，巧的是我朋友在你们公司当个小主管，然后我知道了你的名字，知道了你的电话，但是我却不知道该怎么跟你表白，我是一个特内向的人。然后我叮嘱我朋友让你帮他带包子，让他在工作上帮助你，就是为了为能时常见到你。我不知道喜欢一个人，该怎么表达，我觉得默默地做可能比说更实际一点。

　　你生日那天，我买了大蛋糕让我朋友叫你的同事给你过生日，我不知道我该以什么身份遇见你，我就是一个包包子的。情人节那天我买了花，都走到你们办公室了，觉得太唐突，还是让我朋友给的。你还记得不，那张卡片上画着一个笑脸，我不知道该写点什么。说完，包子铺师傅拿起桌子上的笔，然后在电影票上画了一个笑脸。

　　你扭脚的那一次，我给你熬鸡汤，给你送过去的，可惜那一次，你睡着了。我放下鸡汤，叮嘱我朋友一定要让你喝，然后我就回店里。

　　我很惊异地看着包子铺师傅，然后长长地哦了一声，我终于知道当年丢的那一只鸡飞去哪里了，你看，时间真好，稍微等一等，它会告诉我们很多真相。

　　包子铺师傅自己又喝了几口酒，说，当我终于有勇气换一个地方，重新认识你，我买了四张电影票，让我朋友约你，我们一起看电影，我想，反正一死，我就跟你表白，你知道吗？我等到电影开场，打你电话，没人接，我就从电影院回来了。现在，你知道了吧，我喜欢你，喜欢了一个傻傻的曾经。说完，包子铺师傅居然哭了起来。

我看着桌子上，两张电影票，看看一脸惊异的姑娘，姑娘看看墙上的钟表，然后拿起两张票，说，票挺贵的，别浪费了，如果现在咱俩跑得足够快，应该可以看个大结局呢。

从电影院出来，姑娘说，我想出去走走，散散心。

包子铺师傅说，既然你要来一场说走就走的旅行，那我只好来一场奋不顾身的爱情了。

四

第二天，包子铺没有开门，包子铺师傅不见了，我只收到他一条短信：我走了。我说，去吧，总归要看看不知道的世界，分一杯没尝过的美酒，若是赶上交杯，想必值得庆幸。

我们店里再也没有鱼香肉丝这个口味的包子了，然后我坐在门口的梧桐树下抽烟，想年轻真好，敢爱敢拼，就不管明天的那股劲儿，想想都让人热血沸腾。这时候，我的狗拱了一下我，你看，现实就是这样，无论昨夜经历了怎样的大悲大喜，太阳升起，照样车水马龙，你听，磨剪子嘞抢菜刀……

有几个路过的年轻人问我，老板，包子啥时候出笼啊？我对他们挥挥手说，今儿没包子吃啦，师傅去谈恋爱啦。然后他们笑呵呵地走了，越走越远。我收拾了一下店里的桌椅板凳，开始自己和面拌馅儿调凉菜。

我其实挺怀念鱼香肉丝口味的包子，肉，竹笋，木耳，胡萝卜，全部切丝，热锅加油翻炒肉丝发白，拨一边，用锅里的油爆出葱姜蒜的香，然后一齐翻炒，肉先出锅，再炒竹笋胡萝卜木耳，然后肉回锅里，翻炒，勾芡，这勾芡很重要，淀粉生抽酱油白糖在小碗里搅拌好，淋在菜上，不停地翻炒，粘连感很好的时候，盛盘。什么时候，爱一个人也可以如此按部就班，多好。可是，偏偏不行，我爱你，应该怎么说？《倚天屠龙记》里周芷若说，倘若我问心有愧呢。赵敏说，我偏要勉强。

你看，我们常常拐个弯绕个圈子，让对方去猜，生怕自己说漏了嘴，丢了先机。我喜欢你，这么巧，我也喜欢你，哪有那么巧，你知道鱼香肉丝里那肉为什么那么嫩吗？炒之前，撒淀粉和盐，倒点油，搅拌好。现在，你觉得，喜欢一个人，还巧不巧？偷偷喜欢是一件很耗力的事儿，在你喜欢我之前的很久以前，我就开始喜欢你了。

鱼香肉丝姑娘辞职了，包子师傅也辞职了，他们做了一个很奇怪的旅行约定：我不希望我们是没见过世面而在一起，以为对方就是自己的世界，你往南走，我往北去，把所有诱惑经历个遍，倘若再碰见，把酒言欢交杯入洞房。

也对，哪能轻易去爱一个人，男生有时候享受的就是追，你看，彩云追月，万一他追上还会待你像从前一样好吗？你看，电影下载99%最兴奋，叮的一声，举国欢庆，你看完后，还不是删掉了，腾出硬盘迎接下一个新片。

那是临走前，他们在包子铺吃饭，鱼香肉丝姑娘问，如果，我在旅途里，丢了，你会去找我吗？

包子师傅说，不会。

鱼香肉丝姑娘说，你骗我一下，说个"会"会死吗？

包子师傅说，我为什么要骗你。

鱼香肉丝姑娘说，让我开心一下。

包子师傅说，如果我去找你，找不到，而你回来了，又不见我，万一去找我，不如，我等你回来。

鱼香肉丝姑娘说，你那么相信，我会回来？

包子师傅说，只是觉得，桌子上的醋和辣酱如果等不到一笼热包子，挺可惜的，它们尽管是配角，可是它们很好吃，你听，它们在说，快来蘸我啊，快来蘸我啊。

五

那一场独自旅行是两个月，不准联系对方，各走各的，你在南方的艳阳天里来碗米线，我在北方的寒夜里加五串烤羊肉，如果我们脚下的土地连在一起，那么我们就共结连理。

其实，鱼香肉丝姑娘不清楚，她有多爱包子师傅，一个姑娘最怕傻傻地嫁给了一个对自己好的人，她怕，她因为感动，嫁给了包子师傅，而不是，因为爱情，简单地生长。

许多个夜晚，鱼香肉丝姑娘都在想，什么叫好的爱情，大概就是冒险去喜欢一个自己喜欢的人，从离别开始期待重逢，从夹起一道菜就想问问他好不好吃。从无数次发愣回过神才发现嘴角的笑，想必就是爱了。

她没忍住，给包子师傅打了一个电话，问，你在哪里？

包子师傅说，你猜？

鱼香肉丝姑娘笑了笑，沉默了一会儿，说，我心里。

包子师傅说，从分开，走了那么多的路，见了那么多的景，才发现，我只喜欢一条。

鱼香肉丝姑娘问，哪一条？

包子师傅挠挠后脑勺，笑了笑，我心里到你心里。

鱼香肉丝姑娘说，这一个月走来，我越来越发现，所谓情侣一场，不过就是我携一盏灯照亮你的路，你提剑前行壮着我的胆，你走前，我断后，把我们想的生活，一遍一遍过完。你要是在我身边的话，我们可以吃着喝着聊着，多好。

包子师傅说，据说，你楼下的烤肉不错。

鱼香肉丝姑娘疑惑地问，你怎么知道？

包子师傅，你别管，就说，你想不想吃？

鱼香肉丝姑娘说，吃。

包子师傅说，给你五分钟下楼，我等你。

鱼香肉丝姑娘说，你别闹。

包子师傅说，来不来？

鱼香肉丝姑娘拢了一下头发，扎了马尾，随便洗了一下脸，就下楼了。出了酒店门口，包子师傅就站在那里，手里拿着一棵大西兰花，他挠挠后脑勺，尴尬地说，我楼下没有卖玫瑰花的，只有这个，好歹是花，还好吃，一会儿我们烤着吃，配着培根卷，可好吃了。

　　鱼香肉丝姑娘想过会有惊喜，但是从没有想过他真的会站在面前，他就那么笑着，那么熟悉，就像你知道大地干涸数月，你听见天气预报明天有雨，哪怕是淅沥沥你都满足，可是雨飘泼而来，听闻你归来，我大喜过望。

　　鱼香肉丝姑娘问，你怎么知道，我住这里？

　　包子师傅说，我哪能，轻易让你走丢，你走到哪儿，我跟到哪儿，你走走停停看风景，我停停走走看你。

　　鱼香肉丝姑娘笑着说，你犯规了。

　　包子师傅指了指他们站的路，说，你从南边来，我从北边来。打南边来了个辣妹，手里提拉着鳎目。打北边来了个欧巴，腰里别着个喇叭。南边提拉着鳎目的辣妹要拿鳎目换北边别喇叭欧巴的喇叭。欧巴不愿意拿喇叭换辣妹的鳎目，辣妹非要换别喇叭欧巴的喇叭。

　　鱼香肉丝姑娘笑着说，从一开始，你就跟踪我？

　　包子师傅把手里的喇叭递给鱼香肉丝姑娘，说，从今天起，你一吹喇叭，我就出现在你的面前。你试试！

　　鱼香肉丝姑娘拿着喇叭，开心地吹着，小喇叭，滴滴滴吹，海鸥听了展翅飞。

　　鱼香肉丝姑娘说，我想吃鱼香肉丝包子了，特别想。

　　包子师傅说，我们回家？

长久以来，我们觉得我们配得上某些美好的东西，觉得命里天赋给的，其实该算到努力头上，一见钟情是自己的事儿，你得到一个微笑回报，那是礼貌，你得到一个拥抱回报，那是努力使然，可是，你不知道那一个拥抱什么时候会来。

你只管去做，这才算得已善始，你若说，我对你那么好，你为什么不感动？这是动了歪心思。感情不是山谷，你冲着它大声喊，我爱你。它就回你我爱你。它哪知道我爱你什么意思，喜欢，我们要的是回应，不是回声，所以往后绞尽脑汁，不过，搏一个善终而已。

因为喜欢一个人，你敢袒开胸膛，让风来，让雨来，那就是成长，可是关于成长给你的礼物，是姑娘芳心暗许，还是赠你一场空欢喜，还得麻烦你下楼取一下快递，自己看。

后来，我知道，原来我爱你，这么说——一个姑娘说，老板，来两笼鱼香肉丝的包子。一个少年说，老板，加醋，加辣酱。

那声音，好熟悉，我透过厨房的门帘看到，鱼香肉丝姑娘和包子师傅微笑着坐在那里，他们回来了。

叫你一声老公，改口费准备好了吗？

一

以前的时候常常梦想开一家包子铺，满屋子里都是包子的香气，想吃啥馅儿吃啥馅儿，现在终于在马家屯第二胡同口开了第一家店，每天凌晨五点起来，和面拌馅，调料捏团，一整天忙下来，累得跟一条狗似的。现在店开了，包子也包了，开心了？嗯，我可以很负责任地告诉你，爽翻了！

五点多钟，我大概会放一首轻音乐，然后在旋律里揉面饧面，调馅拌小凉菜。我有两个拿手绝活，凉拌土豆丝和凉拌腐竹，辣酱一定是要自己炒的，一大勺花生油，热锅，辣椒面放进去翻炒。那辣香摇勺而起，浇到土豆丝或者腐竹上，两三滴香油香菜碎点缀，顺着香气，能招来好多好多的小馋猫。

这个时候王小喵会在旁边打杂，柒小汪会一直睡，每一天叫醒她的不是闹钟和梦想，而是第一笼包子出锅。

六点半，包子铺门口会排一个小长队，好吧，我承认生意也没有那么好，只不过我打包的速度有点慢，后面的人只能等，你看我多狡猾，我人为制造了场面火爆的样子。

每天的包子限量，来晚了，就没得吃，没什么理由，喜欢就早来，笼屉一开，那蒸腾的是欢喜，那笼屉一收，勾起的馋虫尘埃落定，也不必叹息，明天赶早来。

以前，我常常拿"不必叹息，明天赶早来"安慰那些失落的食客，以为他们会明白我的心意，可是第二天他们照旧迟到，我以为我说得发自肺腑，直到有一天，我迟到，轮到别人对我说"不必叹息，明天赶早来"，我才明白，这话真苍白无力，想必，轮到情话这东西，也是多数说给自己听吧。

二

大概八点钟的样子，一个姑娘说，老板，来一笼香菇油菜的包子，一份可乐鸡翅。我说，好。

姑娘说，真好，你终于成了一个包子铺的老板。

我说，你认识我？

姑娘说，四年前，去内蒙古的火车上，你请我吃一包泡面，我分你两个鸡翅，我们聊了整个晚上，嗯，一整个晚上。你说，将来有一天，你要开一家小小的包子铺，炒地地道道的家常菜，如果有一天，我路过你的包子铺，你会站在门口招呼我，欢迎光临，然后请我吃一大盘可乐鸡翅。那个时候你胡须没有那么长，听校园民谣，哼几句就开始跑调，你在火车上抽十块钱一包的烟。

我说，你是鸡翅妹！

姑娘点点头，我很惊讶地围着她转了一圈，问，你怎么变得这么瘦了？那个时候我认识的鸡翅妹足足有一百五十多斤呢。

姑娘说，谈了一场恋爱。

四年前，我认识的鸡翅妹，我们在包头火车站吃大份的酸菜羊肉煲，她还能再加一碗小份的鸡丝拉面，吃完以后她背着她的大背包徒步去旅行，我去见我未来的丈母娘。四年后，我认识的鸡翅妹，她坐在我的包子铺，只点小笼的香菇包外加一份可乐鸡翅，一场恋爱足足掉了五十斤肉。

我问，还在旅行吗？

她说，结婚了，生了一个女儿。

我说，那恭喜你，终于可以安定下来做一个相夫教子的小女人了。你女儿叫什么名字啊？

她说，张小跑。

我说，好古怪的名字啊！

她说，嗯，有一个好玩的故事，我想讲给你听，不过你的鸡翅有点老了，你腌渍的时候味极鲜浸泡太久，出锅有点晚，火候有点大，你看，轻微煳了。不过，管他呢，每一个鸡翅都有它的脾气。

我给鸡翅妹加了一杯鲜榨果汁，她吮吸了一下手指，然后拿餐巾纸擦了擦手，端起果汁，咕咚咕咚喝了几大口。她说，咱俩分别后，我去爬大青山，路上我遇见了一个男人，他背着一个大大的背包，他说，长路漫漫，不如我们结伴而行。我说好。你看，女人对帅气的男人抵抗力就是渣。

之后，我们爬过很多的山，吃过猪肉炖粉条，重庆小面，羊肉泡馍，驴打滚，狗不理包子，甚至吃过多加十元过桥费的米线。后来，到五台山南禅寺，他说，累了，不想再走了，要不你嫁给我，咱们一起生娃过日子，好不好？我说，好。

然后我们开始忙着准备结婚，准备了好久好久，写请柬写得我手都有点酸了，可是后来，他突然就跑了，我一个人躲在婚房里哭，不停地哭，他在武夷山给我打电话，他说，对不起，我突然觉得我骨子里是一个浪人，不停地流浪，不停地在路上。

那是我第一次难过，我说，你说你想旅行，老娘陪你旅行，你说累了，老娘陪你停下来，你现在一个人跑了算是怎么回事。他在电话里说，对不起。

不过我很庆幸，我没有把结婚请柬都发出去。你看，爱情里，还是要给自己留一条退路的。

有些疼，是攒足了劲头，一股脑儿地撤退，可乐回瓶，鸡翅回案板，月亮回到上弦，大雪回到云层，我退避三舍，对你当初邀请闭嘴不答，这缘分，不要也罢。

攒了许多恨，恨你拥抱太暖，恨你微笑太甜，恨你情话太张扬，恨你调皮眨眼，恨你走时一脸决绝铁石心肠。你说，人跟人的缘分，只是看你一眼，谁信？只看一眼，为什么要跋山涉水，说得掷地有声。

三

鸡翅妹的前男友走后大概八个月，鸡翅妹生下了一个女儿，那天鸡翅妹给他打电话，他说，我马上要进山里了，信号不好。

鸡翅妹说，我结婚了，生了一个女儿，你帮给孩子取一个名字吧！我老公姓张。

他说，这么巧。沉默了一会，他又说，要不叫张小跑吧！

鸡翅妹说，好。

有回，我见过她的女儿，挺漂亮，她坐在我的包子铺靠窗的位置，咿咿呀呀地说话，我隐约听到她在用她不清晰的发音喊爸爸爸爸，我想给她一个拥抱，应她一声爸爸，可是，对一个孩子撒谎是一件太残忍的事儿。

她含含糊糊地问妈妈，爸爸，什么时候回来？

鸡翅妹说，你只要好好吃饭，快快长大，爸爸就回来了。

然后小姑娘突然正襟危坐，乖乖地吃饭。

其实，鸡翅妹喜欢吃的可乐鸡翅，是另一番样子，她好怪的，她喜欢吃在冰箱里结成了皮冻的鸡翅，盛一碗冒着热气的白米饭，然后把结成皮冻的鸡翅放在白米饭上，用热气温热鸡翅。

如果这世上，所有甜蜜可以放在冰箱里保存，想吃的时候，夹一块，放在嘴里，嚼碎融化，从嘴里甜到心里，多好。那冰箱，一定好幸福，它装了满满一肚子的甜蜜，若是把情话也放在冰箱里，你说，冰箱逐字逐句冰冻的时候，会不会羞得脸红？它一定说，讨厌啦，跟人家说那么多的情话。

如果是这样，我想做一个冰箱。

我问鸡翅妹，凉不凉，需不需要加热一下？

鸡翅妹笑着说，如果吃热的，还不如头锅呢，何必要放在冷藏里。

我问，有联系过他吗？

鸡翅妹说，其实，我在心里已经无数次告诉自己，他不会回来了，而我往后的生活就是把孩子养大，她长大后会有自己的生活，要是那个时候，我还有劲儿，我要回到路上，人山人海再重走一遭。

我问，会去找他，告诉他这一切吗？

鸡翅妹说，不会。

我问，为什么不告诉孩子真相？也许，有一天，他们会重逢。我觉得，没有什么是不值得被原谅的，尤其是血缘面前。

鸡翅妹说，我觉得我会照顾好张小跑，我会给她要的一切，哪怕我胸口有雷霆万钧压得我喘不过气，我也要等她长大，告诉她一切云淡风轻。

我说，你为什么要骗张小跑？你往前走一步，你去找他啊，你要快乐地活，你要活得张牙舞爪。

四

鸡翅妹问，是不是，你也觉得我很傻，被别人甩了，还给人家生孩子？

我说，只是觉得孩子很无辜。

鸡翅妹说，以前我也是那个无辜的孩子，我的字典里没有爸爸这个词。我妈怀孕的时候，他做生意失败了，那时候，常常有人上门讨债，后来他们就离婚了，讨债的人就不见了，我爸也不见了。我妈后来托人找过，没有消息。

我问，再也没有见过？

鸡翅妹说，好像见过，以前我们小区门口，有一个修鞋的大叔，我每次路过，他都会笑着问我，有鞋要修吗？我觉得那句话，很宽慰人。后来，有天，我的高跟鞋鞋跟断了，我想起那个大叔，才发现，他已经好久不出摊了。

我问，你是大叔控吗？

鸡翅妹说，我记得七岁那年生日，我收到了一双漂亮的鞋子，我妈说，是爸爸买的。然后我特别珍爱那双鞋子，每天穿着会感觉自己好幸运。我才不在乎其他小朋友的鄙夷，我也是一个有爸爸的小公主。后来，那双鞋子破了，我妈说答应我再买一双新的，可是我拉着妈妈走了很多很多的地方找修鞋的。没有人理解，其实那双鞋对我来说，那就是爸爸，他陪我走每一步。

我说，我猜，那鞋子，你一定还收藏着吧。

鸡翅妹说，早丢了。有一回我们搬家，丢了，我哭了很久很久，那时候，我心里暗暗发誓，我必须坚强起来，不能再需要一双鞋子给我勇气了。后来长大我才知道，那双鞋子是我妈妈买的。

我说，我们还听过很多的谎言，有圣诞老人，有白雪公主，有青蛙王子，只是那时候，我们还小，我们愿意相信一切美好的东西。

鸡翅妹说，当时，很多人劝我妈，留下这孩子，一辈子就毁掉了。可是，我妈坚信，我爸会回来，就像他出了一趟远门，只是时间久点，十天半月，二十几年而已。所以你不知道，哪一段爱是劫，哪一段爱是缘，爱来了，你满怀去抱住就好，所以，我妈还是顶着世俗的压力，生下了我。

我说，你信不信，爱情是从来不屑回击当初的质疑与谩骂，它只会让那些相信的人，一次一次迎来善意的祝福，一次一次享受喜欢的光临。

鸡翅妹说，这世上，有太多不被别人看好的爱情，所以我允许自己有时候爱得迷茫，但是不允许自己不去努力，相信是一码事，去做是另一码事，去做，永远有意想不到，这就是爱，最酷最酷的地方，我们会在别人质疑、嘲笑的目光里，爱得越来越坚定，那是我们身上发出的光芒。

我深信一点，如果是你，晚一点，真的没关系，世俗的眼光并不能扼杀我们，反而，我们爱的光芒会穿越无数的黑夜，给这个世界带来那么一点点光和温暖，所以，爱是自己的事儿，自己喜欢就好。

我们为什么要委屈自己，去讨好这个世界，他们笑我们不配拥有爱情，大概是他们不懂什么是爱情，随他们说，我爱自逍遥。

五

鸡翅妹常来吃她喜欢的可乐鸡翅，饭量好的时候能吃八九个，然后啃一桌子的骨头，她女儿老问她，妈妈，吃那么多的鸡翅，是不是，就可以飞了？

她说，对啊，对啊。

她小女儿就认真地吃，一个一个。

我问她，要是有一天，你长出了天使的翅膀，你会飞到哪里啊？

她眼睛一眨一眨地笑，不告诉你。

我说，我猜猜，好不好？

她说，不能猜，不能猜，万一猜中了，我就没有秘密了。

鸡翅妹说，你看，窗外的雪，下得好认真。

后来我想，喜欢也是一场雪，你从天上来，给我一个拥抱，后来伤了心，落泪，化成水，雪来时白了头，被阳光召回，再回来，是来年春雨一场，你是雪，你是雨，你是日复一日越爱越好的自己，你是大雪倾城一夜盖长街，我是黄粱一梦日出就醒来，我盯着窗外看了很久很久，说，宁愿天天大雪封路，所以你才没来吧。

我跟鸡翅妹的女儿说，你的新鞋子，真漂亮！

她小女儿站起来，很开心地转圈给我看，一边转一边炫耀说，我爸爸给我买的。

其实，鸡翅妹妹一直关注着他前男友，他去的每一个地方的天气她门儿清，可是，她不能点赞不能评论，找那么多的借口，还不是想要留住一个人，你明知道留不住，痴心妄想只会让自己陷得更深，你看，那风筝，越松手，它飞得越高。

我说，你假装手滑，点个赞啊！

鸡翅妹说，女孩子太主动了，不好。你看，以前，我事事主动，所以，他敢轻易离场，而我只能等着落幕散场。他像是一部电影里一个美妙的镜头，一条长长的走廊，一片油菜花开，一棵孤独的树上站了一只飞鸟，那镜头真美，我独自欣赏，五分钟，十分钟，你期待下一个镜头打破这种和谐，你又怕你没读懂这个镜头的所有语言，我们都会有那么一瞬间被镜头的美抓住。

我说，这说明你还是爱着他。

鸡翅妹笑着说，是网速卡了，可是，一旦加载完，故事就会变得飞快，然后结束。

可是，鸡翅妹哪知道喜欢这事儿多猝不及防，就在心上撒一把种子，你拿千杯不醉敬往事一杯酒，朝前走衣襟戴红花，猛回头岁月可牵挂，冷不丁，心上吐新芽，离离心上草，野火除不尽。

鸡翅妹曾经说过，她盼着有一天早晨，家里突然响起杂乱的敲门声，她去开门，他站在门口发型凌乱、胡子拉碴，他张口，做了一场噩梦。她一把揽他入怀里，告诉他，不怕不怕，我一直都在呢。

盼望着，盼望着，东风来了，春天的脚步近了。一切都像刚睡醒的样子，欣欣然张开了眼。山朗润起来了，水涨起来了，太阳的脸红起来了，可是他没来，鸡翅妹又在一场噩梦里醒来，她起来，吻了一下小女儿。

六

后来，鸡翅妹好久没有来吃鸡翅了，我不知道她去了哪里，是不是已经走在去找他的路上。后来，迎来了春雨，淅淅沥沥，有一天她突然冲进包子铺，她没有打伞，一边擦着头发上的水，一边笑着说，老样子。

那天，她告诉我不小心手滑点了赞，然后他回复了一句：对不起，我逃避了两年。

鸡翅妹问，什么意思？

她前男友回复说，其实我都知道，只是我傻到不敢承认，我怕这种突如其来的事故，毁掉了我的生活。我奔波了两年，风餐露宿，现在我才知道，我知道如何烤野猪，我知道壁画的颜色补修,我知道十四行情诗起源,我知道地球之耳罗布泊,可是这些有什么用,我躲在山洞里像个元谋人,就想吃你做的鸡翅。

鸡翅妹说,你女儿下个月生日,你知道吗?

她前男友说,知道。

鸡翅妹说,马家屯胡同口那家新店,橱窗里有一双漂亮的鞋子。

她前男友说,嗯,我明白。

鸡翅妹在马家屯胡同口,给她女儿买草莓蛋糕卷,遇见了他。鸡翅妹抱着她女儿,他背着他的大背包,他们站在路口安静地对视。是他先走向前,摸着鸡翅妹女儿的头,说,张小跑。鸡翅妹女儿眨眨眼,看着眼前满脸胡子茬的男人奶声奶气地说,爸,爸?

鸡翅妹说,回来了?

她前男友说,嗯,不走了。

鸡翅妹说,我饿了。

她前男友突然一下子单膝下跪,掏出一个戒指,说,对不起,让你久等了两年多。

鸡翅妹说,我饿了。

她前男友说,我请你吃鸡翅。

鸡翅妹埋怨说,你这改口费,档次也太低了吧。

她前男友一愣,问,改口费?

鸡翅妹笑着说，我改口叫你老公，张小跑改口叫你爸爸，两个大美女啊，就请吃一顿鸡翅！你别说，你混了两年，灰头土脸，拿出点，要给我们娘俩幸福的气势啊！

她前男友笑着说，蒜香鸡翅，孜然鸡翅，可乐鸡翅，红烧鸡翅，随便吃。

鸡翅妹她女儿突然说，我饿了，我要吃鸡翅。

有时候，有种感觉好微妙，易拉罐恋着拉环，心里却装着可乐，可乐最后却嫁给了鸡翅，好在，对的终究会遇见对的。有些事，可遇不可求，随风潜入夜的春雨，收汤的可乐鸡翅，丢了两年的怦然心动。

柒小汪包子铺，今日主厨推荐：可乐鸡翅。这可是一道甜到想要飞的菜，生鸡翅要划刀切口，老抽料酒腌渍入味，葱姜片的锅里鸡翅煮个半熟，捞出来，用清水去浮沫，然后放到油锅里煎至表皮金黄，然后加入可乐，转为小火炖，提味的话，可以放一颗八角。

那天鸡翅妹跟她老公和女儿一起，她女儿很开心地跟我说，叔叔，我们要点大盘的鸡翅，最大盘的。

我说，你的小鞋子，好漂亮啊！

她小女站起来，很开心地转圈给我看，一边转一边炫耀说，我爸爸给我买的。

你不喜欢自己的时候，让我喜欢你吧！

一

快要打烊的时候，有一个人推开店门，这个时候，包子铺墙上的钟正在敲打十二点的钟声。我看着进店的人，戴着黑框眼镜，穿着好奇怪，大概是刚吵了一架，互相拉扯过，脸上还有抓伤。柴小汪突然冲在我的面前，大声地汪汪。我安抚柴小汪说，没事没事。

眼镜男问，还有没有吃的？

我说，你等一下。我安排包子师傅老王给加热一笼，老王很不高兴的样子，狠狠地踩灭烟头，因为老王刚收拾好厨房。我想一个大男人晚上跟老婆吵架被赶出家，也挺不容易的。我猜他一定带着有趣的故事，走进了我的包子铺。

我说，要不要来瓶啤酒？

眼镜男尴尬地笑笑，我能不能明天给你送钱过来？

我笑着说，这一顿，我请了。

我打开了两瓶啤酒，说，来，先走一个。眼镜男咕咚了两大口，摸了一把嘴，说，爽。人生难得痛快，当你悲伤的时候，手边刚好有一瓶冰镇的啤酒，随手抓起，咕咚一口。

提起这个眼镜男，倒也不是特陌生，他在胡同斜角开了一家菜店，据说老家是湖南人，我只是偶尔店里缺俩菜的时候会去他的店里买，多数时候他会送我一把香菜一块姜什么的，很会做生意的一个人，回头客很多。

老王端包子上来的时候，他两眼冒光，一口一个，应该是饿急眼了，估计跟老婆吵架，晚饭没吃。眼镜男嚼包子很快，眨眼工夫，五个下肚，说，不怕你笑话，刚跟老婆吵了一架，摔门的时候我说，谁他妈再回去，就是小狗。

三十几岁的大男人吵架，还发这种矫情的小诅咒，感觉还有点萌萌哒。我没有接话，只是笑笑。眼镜男看了我一眼，埋怨说，你看，你还是笑话我。然后，他又塞了一个包子进嘴，试图给自己缓解尴尬。

眼镜男说，日子最苦的时候，两个人吃一个包子，住在二十块钱一晚的破旅馆，蚊子会彻夜在耳边嗡嗡叫，工地上推过小车凌晨四点送牛奶，菜市场快关门的时候才敢去买菜，那个时候我们都没有吵过这么凶的架，毫不留情面，互揭老底地骂。我老婆跟了我十年，我们孩子现在五岁，在我老家。我们结婚没有摆酒席，去老丈人家买的两瓶好酒还是我老婆花钱买的，被他们家人鄙视，她就执意要跟着我，好在现在终于有了点眉目，日子过得还行，在是否接孩子来的问题上，我们吵架了。熬过了最心酸的日子，却在最甜的日子到来前慌了手脚。现在想起来，都是泪啊！

我说，嗯，哪有那么多的天生一对儿啊！不过是彼此喜欢的人搭伙过日子，吵吵闹闹，但最后互相包容理解，嬉皮笑脸和好，变成了最对味的一对儿。你看，酸菜和鱼相爱以前不过是大白菜遇见了小草鱼，薯条和番茄酱相爱以前不过是一个土豆遇见了一个西红柿，豆浆和油条相爱以前不过是一瓢黄豆遇见了一盆面。

二

眼镜男恋爱那会儿，其实挺穷，省吃俭用那种，他不敢周末约喜欢的女生出去玩，实话讲，因为没钱，吃饭逛街看电影，样样需要花钱，浪漫讲的都是花前月下，不对，是花钱月下。你约人家看月亮，你不得买个甜筒啊！

既然没钱，那就别谈恋爱了呗，可是，学生时代的爱情，不看钱，主要看脸，什么叫一见钟情？你从图书馆出来，我光看你一个侧脸，就能几宿几宿地睡不着。那时候，美好的日子掉落下来，写诗唱情歌，有无穷无尽的表达欲望，可是一到嘴边，就成了支支吾吾。所以最后，落"笔"为寇，只敢在情诗里一遍一遍地爱你。

所以，眼镜男是他们宿舍最后一个谈恋爱的，不是胆小，主要是钱包小，宿舍邀请女生聚会，唯独他单着，男生一AA，就够眼镜男攒一个星期的生活费。

眼镜男第一次请姑娘吃饭，姑娘点了大份的糖醋排骨，他一下子窘迫了，趁上厕所的空，给朋友打电话，碰巧都有事儿，那时候的眼镜男也没几个朋友，穷则独善其身嘛。

吃完饭的时候，眼镜男很不好意思地跟姑娘说，能不能AA？我带的钱不够。

姑娘有点恼火，说，你没钱，学什么人家谈恋爱。

眼镜男很委屈，其实他压根不想谈，只不过宿舍的哥们给介绍了，他不好拒绝，就来了。眼镜男说，关键那糖醋排骨我也没吃啊！

姑娘说，剩下的你可以打包！

然后姑娘气冲冲地跑了，丢下眼镜男一个人在座位上，他不知道此时此刻该怎么办？这世上真有天使吗？如果有的话，请加急给我派送一个。

嗯，还真有。一个姑娘大概听到他们的讨论了，就走上前说，还差多少？

眼镜男说，三十块。

姑娘递给他五十块，问，够不够？

眼镜男接过钱，说，谢谢，我会还你的。

姑娘说，不急。

眼镜男问，你叫什么名字？

姑娘笑着说，叫我雷锋吧。

眼镜男说，哦。

往后，眼镜男再也没有见过那个姑娘，那个解他尴尬的姑娘，后来，眼镜男发了奖学金，他想还姑娘钱，却找不到人。也巧，在学校的食堂碰见了，他大声地冲着姑娘喊，雷锋，雷锋，雷锋。

没人回应，他穿过人群，拍了一下姑娘的肩膀，说，雷锋。

姑娘回头看着他，笑了笑，你真以为我叫雷锋呢？

眼镜男说，那不然呢？

姑娘说，你是不是傻？

眼镜男递给姑娘五十块钱，说，谢谢你，另外，我想请你吃饭。

姑娘笑着说，你确定，你带够钱了吗？

眼镜男尴尬地笑了笑，说，嗯。

姑娘说，好，那你帮我打一份糖醋排骨，不要排骨，一份紫菜蛋花汤，不要紫菜。

眼镜男真的打了一份没有排骨的糖醋排骨，没有紫菜的紫菜蛋花汤。那时候，食堂的糖醋排骨里面混的配菜是土豆，紫菜蛋花汤，他是拿筷子把紫菜全部挑出来的。

好多人就像你生命里的过客，如同糖醋排骨里的排骨，紫菜蛋花汤里的紫菜，就算他们不在，可是他们已经深深地影响了整个菜的味道，所以那姑娘说出口的时候，眼镜男觉得，她就算有千万种怪脾气，也要满足她，对一个人，心生喜欢，是一件钻牛角尖的事儿，藏好多好多的秘密，一个人独自窃喜到天亮。

每天从我们身边经过的人有太多太多，我们不打招呼对他们一无所知，可是，偏偏，你需要手的时候，有的人拉了你一把，从此一切变得美妙起来。眼镜男觉得是这姑娘，把他从黑暗里拉出来，他一下子看见了光明，从此，他觉得，有光的地方真好，值得他奋斗。

姑娘说，我叫雷蕾。

眼镜男说，我记住了。

三

后来，眼镜男结婚了，姑娘问他，你真的，没觉得我让你打没有排骨的糖醋排骨，没有紫菜的紫菜蛋花汤，不是刁难你。

眼镜男说，喜欢一个人的时候，你连她的怪脾气，都觉得好可爱。

姑娘说，你为什么能忍受我的怪脾气？

眼镜男说，一个在别人危难的时候，出手相助的姑娘，心眼不坏，就是好姑娘，值得娶回家。

姑娘说，可是，我当时把糖醋排骨和紫菜蛋花汤都倒掉了，你为什么不生气？

眼镜男说，其实打心眼里生气了，可是从小，我妈告诉我，人家帮你就要好好回报人家，人只要善良，就会收到很多美好的回报。

姑娘说，好了，我问完了，你问吧。

眼镜男说，你知道我们家很穷很穷，为什么还要嫁给我？

姑娘说，我嫁的是你，不是你背后的家庭，你要是忍心让我跟你受苦，我也认命，但是我始终觉得，不求出人头地，过一个普通日子，还是可以的。

眼镜男说，你为什么一定要吃没有排骨的糖醋排骨，没有紫菜的紫菜蛋花汤？

姑娘说，我就是想看看你能纵容我到什么地步。

眼镜男说，可是这跟爱一点关系没有啊？

姑娘说，宠一个人哪要什么理由。

眼镜男说，你为什么当初愿意借给我五十块钱？

姑娘说，碰巧遇见了。

眼镜男说，所以，现在，你愿意嫁给我？

姑娘说，我愿意。

眼镜男问，你现在要不要吃糖醋排骨？我去做。

姑娘说，嗯，要多放排骨。

一个姑娘最美的日子，该是婚礼，纱巾盖头，红花佩戴在胸襟，高朋满座，锣鼓喧天，可是，他们什么都没有，唯独面前一份糖醋排骨，眼镜男那时候确实穷，穷浪漫，就是再加两根蜡烛。

常常要经历一段很苦很苦的日子，那得来的甜，才加倍。别怕苦日子，那是恋爱最好的磨砺，生活终归会请你吃喜糖。爱情这东西，跟祝福多少无关，你只要用心地爱下去，就好，有些美好贪多嚼不烂，不如，一口一口，把日子过甜。

有千万种心疼，只能埋在心里，说出嘴太假，他不擅长假把式的空话。姑娘不问这苦日子过多久，只是低头啃着排骨，吮吸手指，她笑着说，真香，你尝尝。眼镜男一大口酒闷下去，心里讲给自己听：绝对不能亏待这姑娘。

四

他们终于有了自己的小生意，还不错，攒了一些钱，也因为忙碌，开始偶尔吵架，但是好歹终于想吃糖醋排骨的时候，就可以吃了。每次喝完大酒，眼镜男开始有意无意地将外面受的气撒在姑娘身上。

第二天眼镜男又跟没事人一样，姑娘知道他心里苦，平常不敢说出口，只敢喝了大酒撒泼，所以姑娘理解。她总是在眼镜男撒泼完，安顿他睡觉，给他擦洗手擦洗脸，回回看到眼镜男熟睡的样子，忍不住心疼。

生意还是出了问题，眼镜男赔得一塌糊涂，开始一蹶不振，他的小骄傲一夜消失，他们第一次吵架蹦出来"离婚"这个词，这可是，当初说过的底线，无论将来遇到什么情况，都不要提这个词，提了这个词，就完了。

这一个词一出口，姑娘愣了一下，说，我给你一次机会，你重说。

眼镜男说，离婚，我说离婚啊，你听不懂吗？

然后姑娘离家出走了，就半夜走在大街上，眼镜男抽了一会儿闷烟，突然觉得自己过分了，然后出去找。

眼镜男问，为什么你每次离家出走，都来这里？

姑娘说，我怕你找不到。

眼镜男笑着说，怎么可能，全城，哪里的糖醋排骨好吃，你就在那儿。

姑娘说，我现在就要吃。

眼镜男掏遍了身上所有的口袋，凑了四十几块钱，点了一份糖醋排骨。他看着姑娘那么认真地啃排骨，他突然笑了。

姑娘问，你笑什么？

眼镜男说，这么好养活的姑娘，我居然连人家想吃一顿排骨都买不起，我是不是很没用。

姑娘说，我老公很厉害的，好吗？

眼镜男笑着说，你那么相信？

姑娘说，我想吃糖醋排骨他就给我买糖醋排骨，你说厉不厉害？

眼镜男说，可是每次都是吵架以后。

姑娘说，那是因为我想吃糖醋排骨了。

眼镜男突然把头转向餐厅的窗外，他怕姑娘看见他眼里马上要夺眶的眼泪，他说，芥末好呛。

姑娘说，哪里有芥末啊？

原来爱情里，比"我爱你"更好听的三个字是"别放弃"，我爱你是所有美好的总和，牵手拥抱接吻，别放弃是所有糟糕的平方，谩骂推搡揭短。山林向四季低头，荣枯看四季心情，你说，未曾深爱过，哪懂这一低头的温柔。

他们顺着马路走回家，眼镜男说，我要开始投简历。姑娘问他，干什么？你要丢掉你的梦想吗？

眼镜男笑着说，我的梦想就是养你。

姑娘说，夫妻之间最烂最烂的招数，就是牺牲，你以为牺牲自己可以换来成全，可是那不是我要的啊，我喜欢的就是你原先的样子，而不是你为我改变的样子。

眼镜男说，有一条路，我选择了跟你一起走，这一路有风有雨，我就该替你遮挡。那些小小的梦想不过是支撑一个大梦想，大梦想就是我希望你一直在，在我的未来。

姑娘说，你真傻。

眼镜男笑着说，你比傻瓜还傻，你都嫁给了傻瓜。

姑娘说，我愿意，要你管啊！

那姑娘的一脸的小骄傲，真可爱，有一个喜欢的人替自己撑腰的感觉，真棒，我们明知道脚下的每一步都累，可是只要胳膊挽着喜欢的人，就想像一只兔子一样蹦蹦跳跳。你问，前面还有多少站？管他呢，我们终究会去我们想去的地方，时间晚点，没事儿，前面只要是家，我们就有无穷无穷想要奔去的劲头。

眼镜男说，累不累，我背你？

五

眼镜男问我，你有没有做过让自己特后悔的事？

我说，现在想想，还真的挺多的，没有考到导游证去一次远方，没登过舞台给自己喜欢的人唱一首喜欢的歌，没给喜欢的姑娘买过一次玫瑰花，没请喜欢的姑娘看一场电影。没早点关门，让你闯进了我的包子铺。

然后我们哈哈大笑，我开了第三瓶啤酒，去厨房又弄了一盘花生米盐水毛豆。

眼镜男特伤感地说，我最后悔的是，没让自己喜欢的女人在合适的年龄过上舒服的日子。

我说，要是可以重新选择，你还愿意在你最潦倒的时候遇见她吗？

眼镜男说，不愿意。我宁愿等我有车有房卡里有票子以后，再遇见一个姑娘。那个时候，想去旅行加满一箱油就行，想聊人生聊梦想在自己的房间里点几根蜡烛摆一盘猪蹄就行。你没经历过，你不会懂得。我这一辈子大概是穷怕了，我记得我认识我老婆的第二年，她过生日，我交不起房租，只买了一个廉价的蛋糕，没有水果，连奶油都没有，她许愿的时候，我接到房东的电话，房东说交不起房租，现在就搬走。我们真的就在大街上住了一夜，你知不知道，公园的长椅半夜真的很凉。

眼镜男说着说着，两眼泪汪汪，一个三十几岁的大男人哭得像个孩子，有些苦，现在说来云淡风轻，但是当时，就是一个天大的坎。我猛灌一口啤酒，压住心口一口心酸，真怕自己跟着哭了起来。我喜欢的姑娘，何尝不是这么轴，就铁了心要跟着你，但是，当你能给得起她要的，可是她从来没要过，你就欠着。

我说，大概夫妻间吵架，都是鸡毛蒜皮积累的怨气，有些事只是导火线而已。哄哄就好了，别欺负那些好哄的姑娘，你说三两句暖话就心软的姑娘，不是她有多傻，而是当时你放那么狠的话做那么渣的事，她没 360 度回旋扇你脸，托马斯全旋扇你脸，后空翻 720 度扇你脸，你就知道她有多爱你了。

眼镜男说，也许吧。想想最苦的时候，我老婆又特嘴馋，那个时候她特喜欢吃糖醋排骨，我没钱，买的都是最便宜的棒子骨，肉很少，那个时候啃着很香很香。你店里现在还有没有排骨？

我问，怎么了？好像冰箱里还有几根肋排。

眼镜男说，你帮我做一个大份的糖醋排骨。

我说，还没吃饱？

眼镜男不好意思地笑笑说，总不能两手空空地回去道歉吧！

我说，好，干了这一杯，我给你加个硬菜。

这糖醋排骨，像是一场爱情小火出精品，肋排剁成等比例大小，清水煮，主要去浮沫，然后捞出来清洗，然后调汤汁，料酒、酱油、糖、醋，量的比例根据排骨的数量。油锅里爆个葱姜蒜的香味，加入排骨煸炒，直到排骨表面金黄，我们提前做了汤汁，就不用炸排骨炒糖色了，倒入汤汁，加入清水，大火煮开后转小火慢慢让它炖至入味，最后大火收汁，盛盘撒点白芝麻，想想真应了眼镜男说的那些话，但愿你今天的心酸配得上你明天享受的甜。

你看，深爱不是一件很难的事儿，难的是黑暗太久，没有勇气等到天明，那些失信于爱的人现在也一定痛心疾首拥抱正在焚烧的东西，谁都想只尝爱里最甜最甜的那一部分，可是甜不是一切，还会腻口，加上心酸难过，加上悲伤疼痛，加上吵吵闹闹，这才是一份完美的爱。糖醋排骨的味道，你一定要尝尝，那是遇见一个喜欢的人，浪费人生，有节制地浪费人生而已。

眼镜男说，糖醋排骨一定要趁热吃。

我说，嗯，我要打烊了！

大概凌晨四点多，眼镜男回家敲敲门，过了很长一段时间，他老婆回了一句，谁啊？眼镜男嘟嘟嘴，说了一声：汪汪。

你说的娶我，真心话还是大冒险？

一

老王，是我店里的大厨，一表人才，好抽个小烟，喝个小酒，若是姑娘点菜，他总是偷偷给人家多加几块肉，每每我数落他，说咱们打开门做生意，你注意点成本，好不好？老王就堵上一句，你看，我给姑娘多加几块肉，她是不是觉得咱们特实惠，会不会常来，姑娘多了，咱们店的生意是不是就越好？你好歹一个广告人，这个理咋就不明白呢，你看，人家酒吧，姑娘都是免费的。我无语，可是我只是一个卖包子的啊！

老王最擅长的菜是回锅肉，是我们店的招牌菜，据老王说，回锅肉是川菜之首，五花肉切成薄片，滚过热水去腻，葱姜蒜配着川菜之魂郫县豆瓣酱爆锅，然后青蒜苗肉片下锅，翻炒。那色泽红亮肥而不腻的肉片配上一碗白米饭，就俩字：带劲。书上说：回锅肉是川人喉咙里永远的一只小爪子。在游子远走他乡，旅思难消的时候给你轻轻地挠几下。于是乎泪水与口水齐滴，双眼共红油一色。这滋味才下心头，又上舌头！

我喜欢吃老王做的回锅肉，不只是他做得地道，而是我想跟你说说老王关于回锅肉的一个故事。

老王是在他哥们的终结单身夜 Party 上认识的他媳妇，那天晚上喝得很 High，最后老王都有点断片了。第二天早上，被咚咚的敲门声惊醒，他穿着海绵宝宝小内裤去开门，门外站着一姑娘，对视了几秒钟，姑娘说，你穿好衣服，拿着户口本，咱俩去民政局。

老王一脸茫然，啥意思啊？

姑娘说，敢情你都忘了？昨晚玩真心话大冒险，我问你敢不敢娶我？你说，敢，明儿咱们就去民政局。敢情，你跟我闹着玩呢？

老王一想，头有点大，隐约记着有这么一茬事儿，不好意思地挠挠后脑勺，说，我就那么随口一说，你当真了？老王心里想，这姑娘真实成，真单纯，咋，说啥都信啊！

姑娘说，你这俩嘴皮子一碰，以后让我怎么在姐们面前抬头啊！然后开始上手抹眼泪。

老王一下子慌了，说，姑娘，你别哭啊！有话好好说，好歹，我先穿上裤子，有点凉。

老王用穿裤子的时间做了一个决定，他回家去取户口本，老太太在厨房正做饭，问他取户口本干什么？老王没回答，关上门就走了。从民政局出来，阳光照得眼睛疼，老王才确信这不是在做梦。老王心里想，爱情嘛，终究要去经历的，你不去经历，你怎么知道板凳不让扁担绑在板凳上，你不去经历，你怎么知道黑化肥挥发会发灰，你不去经历，你怎么知道红凤凰粉凤凰红粉凤凰还是花凤凰，你不去经历，你怎么知道提着鳎目的喇嘛要拿鳎目换别着喇叭的哑巴的喇叭，他换不换。

老王媳妇说，要不我们去吃个饭？

老王说，好，我请。

老王媳妇说，要不要开两瓶酒？

老王说，算了，还要开车。其实老王心里想，这酒真不是什么好东西，穿肠的毒药，万一再喝大了，指不定又整出什么幺蛾子。

老王媳妇点菜的时候，老王终于好好地仔细端详了一下他媳妇，昨晚KTV的灯光有点暗。长得还算标致，特清秀，要不是昨晚亲眼见过这个姑娘疯疯癫癫的样子，老王还真有一股要娶了她的冲动。

老王媳妇说，酸辣土豆丝，好不好？

老王说，好。

老王媳妇说，回锅肉，好不好？

老王说，好。

老王媳妇说，你就不能一句话，蹦俩字吗？

老王说，嗯，好。

老王媳妇突然扑哧一下子笑了，老王也跟着笑笑，老王说，好歹咱俩大喜的日子，你不多点一些，他们家油焖虾水煮鱼九转大肠口水鸡都挺好吃的。

老王媳妇说，都一家人了，还整那些谈恋爱才点的虚头巴脑的干什么，你要是喜欢吃，我晚上做给你吃。

老王觉得上辈子一定是扶老奶奶过马路积德了，一定是给野猫喂火腿肠积德了，一定是公交车上给孕妇让座积德了，老王觉得他胸前的红领巾更鲜艳了，哦，不，是领带，一块肉掉身上了，漓漓拉拉弄了好多油。

二

老王确实白"拣"了一个好媳妇，我们都很羡慕他，对他的爱情大加赞赏，我们都希望老王的爱情长长久久，这样，我就有免费的油焖虾水煮鱼九转大肠口水鸡吃。在我们吃得不亦乐乎的两周后，老王很郁闷，他跟我说，他偷听到了媳妇的一个秘密，这个秘密让他很不爽。

那天老王回家有点早，她媳妇刚好在洗手间里打电话，就听见媳妇大声喊，王洋，你王八蛋，老娘离开了你照样嫁人，我结婚了，你别再给我打电话了，滚！他媳妇从洗手间里出来看到老王，两人尴尬地对看了一下，那天的晚饭，两个人吃得很安静。

老王前女友结婚了，要到他的城市旅行，老王穿得有点寒碜，他媳妇问他为什么，老王说就是想让她觉得她嫁了一个好人，比他优秀的人，这样，她会珍惜现在的幸福。老王媳妇有点不高兴，说，你还那么在乎你前女友。

老王请他前女友去吃海鲜大排档，以前他们在一起的时候，经常在大排档吃到深夜，聊天看星星，现在终于大河向东流，天上的星星参北斗了。老王前女友问，你还恨我吗？恨我当初自私不能陪你一起吃苦。

老王笑笑说，那些伤害过你的儿女情长，你在意，就是心里一道疤；你不在意，就是山谷里一朵野百合，花再香，但是你再也不会翻山越岭去看了。你终将遇见那个更好的我，我终将遇见那个更好的你，多好，再见面，温柔倔强原谅握手言和。

老王媳妇出现的时候，场面有点尴尬，她很远就大喊，老公，老公。老王媳妇大概是故意化了妆穿得很得体，特漂亮，明显就是争风吃醋，好像老王故意要显摆他结婚了，在前女友面前示威，弄得老王很尴尬。老王前女友问，你也结婚了？老王只嗯了一声。

三

见完前女友的那天晚上，老王跟媳妇大吵了一架，我之后再也没有吃过免费的油焖虾水煮鱼九转大肠口水鸡。老王说他媳妇就是故意的，每一个现任心里躲着一个前任的魔，何况两个人各自心怀鬼胎，一个跟前男友赌气，一个心里还藏着前女友，两个人的爱情，偏偏挤了四个人。

老王有一个前女友，俩人谈了两年，最后好聚好散。一个姑娘耗在一个少年身上两年的青春，已经不少了，若是不爱，别说两年的耐心，面对面喝一杯咖啡两小时都受不了。

我一路见证过他们的爱情，当初也是奔着结婚去的，这年头大家都忙，谁也不想玩玩就散场，当初如胶似漆的样子，真以为他们白头婚纱，如今各安天涯，真以为此生永不相见。

分手的时候，姑娘说，我想结婚了，我想有一套房子。

实话讲，那姑娘真不是特现实的人，特好的一个姑娘，说话温柔，吃穿不挑，努力工作，她就是想住在自己家的房子里结婚，这念头一点没错，只是老王当时确实满足不了这个愿望。

姑娘结婚的前晚，估计喝大了，给老王打电话，说，我明天要结婚了。

老王说，明儿，我就不去了，挺忙的。

姑娘说，嗯。

老王说，照顾好自己，想吃苹果的时候，就用热水烫烫，凉的对胃不好。再买一副手套吧，你的手很容易冻伤。留在我这里的东西，我打包一下，让快递给你送过去。

姑娘说，嗯。

有太多太多想要交代的事儿，老王是真心希望她幸福，也是真心爱过这姑娘，年少的时候，心爱的东西拱手让人，是会拼命的，但是老王安静地坐在我的对面，一杯接一杯。

我说，你喜欢，就去抢婚啊。

老王苦笑，可是我没有房子。

我说，你滚，那姑娘是贪图房子的人嘛，你若是稍微有那么点儿上进心，姑娘都不至于太失望。你知道什么叫失望吗，就是以前看过去在眼里冒光的东西，突然烧成灰烬，你把自己所有的骄傲踩在脚底，承认自己眼瞎。

老王不说话，一个劲地喝酒，一杯接一杯。那时候喜欢的姑娘第二天结婚，老王找我半夜喝酒，他是眼睁睁地看着天亮的，那一夜好巧，窗外下雪了，老王很开心地告诉我，你快看，他们一定会白头的。说完，老王哭得一塌糊涂。

我说，算了，都会过去的。

老王说，我要去看看。

后来我们找了一个朋友开车去老王前女友结婚的酒店，一路奔波，那时候才真的懂得，什么叫翻山越岭无心看风景，其实，我们常常做傻事，总是用失去来验证真的爱过，爱得肝肠寸断，爱得惊天动地，爱得泣鬼神。

老王站在酒店门口，问我，要不要进去？

我说，你怎么想的？

老王说，没怎么想，就冲动了。

我说，你真忍心亲手葬送别人选择的幸福吗？别老以为你给的才叫幸福。

老王指着酒店大堂门口的滚动的 LED 屏幕，说，你看，那个名字应该是我的，应该是我的，你懂吗？

我说，别打扰了，跟曾经的爱留点最后的念想和尊严吧。

老王突然冲进去，站在红毯上，蹦蹦跳跳，老王招呼我，说，你快来，真好玩。

我们回来的时候，雪还在下，老王在车上说，那条红毯我们一起走过，可惜，一前一后。之后，老王大病了一场，发烧三十九摄氏度，在市立医院挂吊瓶，我没有告诉那姑娘，我猜那姑娘应该过门了，过门媳妇，对，成了别人心头的一抹心疼，跟老王的故事一笔勾销了。

当我们想谈恋爱的时候，无非寂寞和真心喜欢。你想，饿了，煎饼果子肉夹馍鸡蛋灌饼鸡丝米粉麻辣烫关东煮，都行，反正吃饱走人。若你真心喜欢，你可能留着肚子，走很远，就为了吃一口清蒸大闸蟹香辣鱿鱼炭烤扇贝。那些美好，你终将笑脸相迎，那些凑合，你终将敷衍一笑。

四

老王媳妇真的是赌气跟老王结婚的，一开始是这个样子的，她有一个前男友叫王洋，他们赌气分手了，王洋笃定这姑娘，过不了三天就会哭天抹泪地回来求他复合，他太熟悉这姑娘了。

大概爱里面，那个付出多的人永远没有话语权，你的生杀大权永远捏在那个付出少的人身上，付出少的那个人永远一副高傲的样子，一副天下唯我至尊的样子。爱情这玩意，绝对是高手之间的过招，谁先动心，谁就失了先机，三招毙命。

可是，王洋没有算准，这姑娘嫁人了，依然是老王媳妇，只是此王非彼王。所以，那一刻，老王媳妇，真的是想好好过日子的，一晚上的时间，决定要不要嫁给一个人，对于一个女人来说，那是一段好长好长的时间，毕竟很多时候，姑娘喜欢一个人，只用一眼就够了。

姑娘怎么可能知道老王家住在哪里呢？这事儿，要从他们喝醉的那晚说起，散场的时候，老王还不至于断片，只是有点头晕，可是那一个春风沉醉的晚上，风一吹，酒劲上头了。

老王问姑娘，要不要去吃个小龙虾，聊聊人生？

姑娘说，好啊。

他们点了一盘小龙虾，老王要点啤酒，姑娘拦住了，点了几瓶可乐，老王喝着可乐，突然哭，老王就这一点不好，喝多了就开始矫情，好多人都是酒里藏着事儿，酒前一本正经，酒后满地撒欢。

姑娘问，哭啥？

老王说，女朋友跟人家跑了。

姑娘问，为什么不追？

老王说，追不上。

姑娘问，怎么追不上？

老王说，人家开着车跑的，我百米跑十四秒，哪儿追得上。

姑娘说，你可以打车去追啊？

老王说，如果做一百件事儿，可以留住你，我现在就做，可是一件都做不了，挽留一个执意要离开的人，自讨苦吃。你说，爱情，什么时候开始变得这么低三下四了。

姑娘说，人家为什么跑？

老王说，失望。

姑娘问，怎么失望？

老王说，就是以前看过去曾经在眼里冒光的东西，突然烧成灰烬，把自己所有的骄傲踩在脚底，承认自己眼瞎。

姑娘说，那你聚会上说的娶我？是应了别人的起哄的大冒险？

老王笑着说，万一是真心话呢？

姑娘说，可是，爱，是一件很隆重的事儿啊，哪能那么轻易说出口。

老王说，对啊，我知道。以前我傻，憋着不说，所以错过。所以现在，脱口而出，管它呢，你说，没在一起遗憾，还是努力了没在一起遗憾？我努力过，我可以跟自己交代，我再也不会戾到连喜欢都不敢出口。

姑娘问，如果我嫁给你，你会不会对我好？

老王说，会。

姑娘问，有多好？

老王剥了一个小龙虾，放在姑娘的盘子里，说，你想要多好？你吃虾，我剥壳，这种好，可以吗？

姑娘说，不够。

老王从口袋里掏出钱包，一下子拍在桌子上，说，你花钱，我挣钱，这种好，可以吗？

姑娘说，不够。

老王从另一个口袋里掏出房子的钥匙，说，虽然有点小，但好歹叫个家。

姑娘说，不够。

老王一脸疑惑地说，你到底要多好？

姑娘说，我只要你一句话，就好。

老王问，哪一句话？

姑娘说，答应我，要疼我一辈子。

老王说，我答应你，疼你一辈子。

姑娘说，要是反悔呢？

老王说，要是反悔，我就一辈子娶不上媳妇。

那么大的人生决定，姑娘觉得先结婚后恋爱也一样，反正总要经历一遍，就是因为她只是觉得老王是一个值得托付的人，姑娘看准了的人，九头牛拉不回。所以，千万别让姑娘伤透了心，因为她们做下一个决定，总是惊人。

想起之前某一个聚会，那姑娘坐在角落，不爱说话，老王问朋友，那姑娘有男朋友吗？

老王朋友说，咋地了，喜欢人家？

老王说，没有，只是问问。

老王朋友说，刚失恋一个月，我媳妇的闺蜜。

老王朋友的媳妇问那姑娘，你觉得老王，这人怎么样？

姑娘说，挺好的。

老王朋友的媳妇，什么叫挺好的？

姑娘笑了笑，不说话。

那次聚会的最后，临走，老王非要跟人家姑娘握手告别，老王说，有机会一起玩。其实老王心里憋的那句话是，有机会一起谈恋爱。

人总是要迎来光明的，失去的会淡忘的，我喜欢好聚好散这个词，聚的时候，就该满心欢喜，敢交付一生，散的时候，就该拱手相让，你去天涯，我愿你一路顺风，我到海角，你愿我无风无浪。

五

后来，我跟老王开了包子铺，在马家屯第二胡同口。我问老王，就这么僵持着？

老王说，大概爱情来得太快，还是包邮的，退不了货，地址不详，查无此人。

我问，你对前女友，还有留恋？

老王说，说忘了，太玄乎，但是，任何人提及，或者她坐在面前，只能待她像个朋友，大家都没错，错的只是时间吧，或者那个时空里的彼此。

我说，估计你媳妇心里还有没打开的结。

老王说，随她去吧，她开心就好，我就在这里等她，我答应她，要疼她一辈子。

老王媳妇回来的那天，阳光很好，我们猜应该是回来离婚的，但又不像，她一直笑着，感觉她胖了，好像。可是，暴风雨来临前都是很安静的。门口的梧桐树开花了，老王在树下点了一支烟。

老王没问他媳妇这三四个月，去了哪里，干了什么？其实，回来就好。

老王媳妇问，现在还一个人？

老王说，嗯，什么意思？你呢。

老王媳妇说，两个人。

老王猜到过这种结局，也好，只要幸福就好。追求幸福，又有什么错。虽然他不知道他媳妇的前男友是一个什么样的人，但是，既然她那么割舍不下，一定有他的过人之处，至少，比自己更值得她回去吧。

老王说，我现在做的回锅肉挺好吃的，你要不要尝尝？

老王媳妇说，好。

那一天，老王做得很认真，精选五花肉，葱姜蒜切丝，肉过热水六成熟切片，青椒切片蒜苗切段，郫县豆瓣葱姜蒜爆锅的时候有些油溅在了身上，他不在乎，肉片翻炒青椒蒜苗下锅，掂勺出锅上盘，菜上桌的时候，老王有点紧张了，那感觉就像他当初参加厨师资格考试。

其实老王怕他媳妇说出那句话，但是他知道这句话，就是一个雷，正埋在他往前走的每一步，他不知道该怎么办？

老王在厨房里问我，她现在两个人在一起了。

我疑惑地说，你确定？她怎么说的。

老王说，她问我现在还一个人吗？我说是啊，我说你呢，她说两个人。如果她说离婚，怎么办？

我说，你看锅啊，煳了！

老王还是把菜端上了桌子，老王媳妇夹起一块肉，慢慢吃，老王安静而紧张地等着。然后，老王媳妇突然就哭了，老王一下子更紧张了，忙问，是不是太辣了？

老王媳妇说，你把外套脱了吧，都脏了，我拿回家给你洗一下。

老王说，好。

老王媳妇说，另外，以后炒菜，少放油，少放辣，医生说，对孕妇不好。那话还没说完，老王媳妇冲进厨房吐了。

好久不见，应该祝福还是表白？

一

前女友是一个很瘦很瘦的姑娘，爱扎马尾，从分手到现在，大概有十年没见了。她老公姓陈，耳东陈，儿子四岁，她在一家私立的幼儿园教小朋友跳舞，她老公给她买了一辆MG3，我记得当时我们恋爱的时候，我给她买过一个MP3。十年前，她喜欢吃辣子鸡，十年后，她经常去西餐厅点小份的牛排喝白葡萄酒。是的，这些都是听说的。

后来见到她真人，是2014年9月18号，为什么时间那么准确，并不是遇见十年前的初恋，记忆力爆棚的好，而是那一天，我订婚，请朋友在店里喝酒。她自己一个人，推开门，坐在靠窗的位置，那个时候过了饭点，下午三点的样子，她说，服务员，麻烦，来一份辣子鸡，要很辣很辣的那种。

十年了，大概可以忘记一个人的模样，但是她那种萌萌哒的娃娃音还是那么清晰。我当时一下子就懵了，十年了，你听说过她太多的故事，你曾经几乎用尽全力去爱的人，她过得好不好，你真的想从她嘴里听到。

有一瞬间的恍惚，真的感觉就是她，我端着酒走到她面前，心里有很多话要讲，但是不知道从何说起，还是我先张口说，真羡慕你，老板今天订婚，免单。

若是她脸上没有那个小伤疤，若是她穿着短裙，我差点就觉得是她了，好像，真的好像。我记得有人说过，爱过的姑娘有两类，一个是你，一个是像你。我不理解，那么喜欢过一个姑娘，没有在一起，往后怎么还敢喜欢像的姑娘，是不甘心吗？

我觉得，失恋的时候，人必须死心一次，才能真的从土地里像种子一样发芽，顽强地活着，从此尘归尘，土归土。世界那么大，相爱过的人分开了，怎么能说遇见就遇见了，拍电影电视剧呢。她笑着说，恭喜哦！你终于也要幸福了！那我是不是可以敞开了吃霸王餐？

我说，随便点，只要店里有的都给你做。

她起身走到我们正在吃饭的桌子前，拿起一瓶啤酒打开，给自己倒上，然后转过身对我说，祝你幸福。然后一饮而尽。然后整个桌子上的人都懵了。

老王起身去厨房给她做辣子鸡，她又强调了一下，要很辣很辣的那一种。

女友看我的眼神怪怪的，我说，就是一个食客，像极了我多年前认识的一个姑娘。那个姑娘也超级爱吃辣子鸡，很辣很辣的那一种，那个姑娘说过，你难过的时候吃辣子鸡，没有人知道你为什么难过得哭。

二

她点了一份辣子鸡要了一瓶啤酒，我们这一桌越玩越嗨，她却哭了起来，越哭越厉害，后来整个店就安静了下来，只听得见她在哭。后来，她就喝大了，劝不动，还要一直喝，我说店里没有了，要不我帮你打个电话，叫你家人来接你。

她含含糊糊地说，打给哆啦A梦。

我拿起她的手机，找到"哆啦A梦"的号码，然后拨通了，一直没有人接，然后我就挂了电话，那时候，我觉得我口袋里手机在震动。

我说，你老公一直没接电话，你家住在哪里？要不送你回去？

她说，1号公馆2号楼703。

我说，这么巧，我住你对面702。

后来我跟女友一起送她回家，开门的是她老公，他邀请我们一起坐坐，一个老太太正在哄孩子，她老公说，这是我儿子，叫陈晨，耳东陈，早晨的晨。

她老公泡的茶很好喝，据说是上等的普洱，喝到茶无色，她老公说，新家在装修，就租了这个地方。

我跟女友回到家，看到手机上有一个陌生号码，懒得回了。

突然想起来店里吃辣子鸡的姑娘，想想，十年，会把一个人变成什么样子？我遇见她，还会不会认识她？她遇见我，会不会告诉我当年为什么突然不见了？时间能给的答案，总是把人变老了以后。

三

十年前，我喜欢过一个很瘦很瘦扎马尾的姑娘，那个时候，我们都是艺考生，在陌生的城市参加考试，然后辗转很多的城市，就为了一张大学的入门券，我们在陌生城市高楼的天台上看星星，背考试的演讲文章，唱情歌。一起在楼下的地摊吃烤地瓜烤面筋，去吃很辣的火锅。

我记得那个时候加一个卤蛋的刀削面才六块钱一碗，我记得，那个时候最好吃的果冻布丁是杧果味的，我记得，那个时候最好听的歌是刘若英唱的《为爱疯狂》，我记得，最远的路是从段店市场到济南大学，我记得，那一年最美好的事不是拿到专业证书而是跟她相爱。

那个时候，我们租最便宜的旅馆，一晚二十块钱，还有电视，能看她最喜欢的芒果台，大清早我会去给她买胡辣汤鸡蛋灌饼，我们可以彻夜聊我们想象的未来。那个时候我们会手牵手去报名参加同一个大学的艺考，从考场出来会吃路边摊的小吃，会一起逛菜市场，买我们喜欢吃的菜，她问我，你会不会娶我？我说会。然后我会紧紧地抱着她，不说话，那个时候我觉得她就是我的天下。

考完艺考，我们回到学校，她妈妈给她做她爱吃的糖醋排骨，她会第一时间跑到我们班给我送，下晚自习我会送她回宿舍，然后一直在女生宿舍楼下听她讲她一整天的趣事，直到熄灯的铃声响起，我才拼命地跑回男生宿舍。

那个时候，赶上我过生日，她偷偷逃课去商业街给我买蛋糕，然后我们会在灯光黑暗的操场上许愿，我对着天空大声喊，我爱苏晓萱一辈子。那个时候我希望，时间慢一点，再慢一点，阳光暖一点，再暖一点，我们就躺在草坪上，不说话。

我们也会吵架，每一次天都会下雨，我们就一直在雨里走，从学校一直走到沂水商业街，会喝三块钱一杯的热奶茶，会吃五块钱一碗的热馄饨，然后和好。后来，终于有一天，毕业散伙饭那天晚上，我喝多了，她一直站在学校附近十字路口的出租房等我，那个时候，艺考的很多同学都在，后来听说，那一晚停电，她哭得很厉害，她划掉一整盒的火柴看时间等我回来。

第二天，雨下得有点大，我们要各自回家，她先送我，上车前我想给她一个拥抱，但是最后却没有，我隔着汽车的玻璃窗说，再见。没曾想那是最后一个拥抱，却没有抱。那一天，我浑身湿透了，回家感冒了，大病一场。而她，再也联系不上了，突然就不见了，一晃十年。

她没有告诉我任何的理由，就不见了，我找不到。

十年后，我在自己的包子铺遇见一个喜欢吃辣子鸡的姑娘想起了她，没有一首歌可以给我安慰。我记得十年前她艺考失利的第一场，我请她吃饭，她说，我要吃辣子鸡，很辣很辣的那一种，你难过的时候吃辣子鸡，没有人知道你为什么难过地哭。那一天，她哭得很伤心，她说辣椒好辣！

十年前，我给她写过一封十七页的情书，大概一辈子想说的话，都说完了吧！所以最后一句再见，就真的再也不见了。或者十年后再遇见她，我也不知道该跟她说点什么，十年了，她该为人妻为人母了。

青春，想来，应该是耗在喜欢的人身上，真的，那种努力爱过一个人的感觉，真的很美妙，即使后来，知道不能在一起，我还是选择奋不顾身。青春像是一盘下饭菜，小炒肉，你明知道辣得受不了，但是那种感觉很爽。

四

后来经常会遇见吃辣子鸡的姑娘，寒暄几句，我和女友也邀请他们去我的包子铺吃饭，每一次都少不了辣子鸡，有时候是老王掌勺，有时候我亲自下厨，大概心里还有点念想，就是想听听这个吃辣子鸡的姑娘说话，听听那种萌萌的娃娃音。

再后来有一天，我的店还没有打烊，她抱着孩子焦急地来找我，说孩子发烧了。

我问，你老公呢？

她说，老家出了一点事，婆婆和老公都回去了。

我陪她去医院给孩子挂点滴，她焦急皱起眉头的样子跟我喜欢的那个姑娘，好像，真的好像。挂完两瓶点滴，已经到了深夜，我送她回家。路上她抱着孩子问我，打算什么时候结婚？

我说，大概明年，或者后年吧。

她说，你女朋友是个很好的姑娘，别让人家等太久了。

我说，嗯。

她说，好多时候，结婚对于一个女人来说，才是稳定。你知道这个世上有一个人，从此属于你，那种心里的踏实，比任何一句情话任何一件礼物，都踏实。

我说，嗯。

她说，你还跟以前一样，很少说话。

我有点疑惑，嗯？

她说，没事。

后来她大概有些话要说，但是最后还是没有说，直到我们一直沉默地进电梯，她说，求你帮帮忙。

我说，你说。

她说，你能先帮我带几天孩子吗？我上班的时候先放你店里，下班然后我再来接。实在是忙不过来，麻烦你了。

我说，邻里相互帮助应该的。

第二天早上她抱着孩子来找我，点了一杯豆浆和一小笼白菜肉包，然后交代了一大通，孩子哭了怎么办，怎么喂奶，怎么换尿不湿，如果有事就给她打电话。然后她去上班。

孩子挺乖的，一整天没闹，中途就换过一次尿不湿，我觉得跟这个孩子玩得还挺投缘，老王打趣说，你抓紧生一个。那时老王媳妇已经怀孕六个月了，肚子有点儿微微地隆起，那可能是世界上最漂亮的一个弧度。

辣子鸡姑娘来接儿子的时候，心情不大好，我问，怎么了，不开心？

她说，幼儿园可能要裁员了，本来就是私立的，今年招生不好。

不知道该说什么话安慰她，我只好转移话题，我说，你儿子可听话了。她笑笑，把包放在餐桌上，问我，要不要一起喝点？

我说，好。

老王给做的辣子鸡，鸡肉切块，料酒盐五香面腌渍入味，然后鸡块炸至金黄酥脆，底油葱花姜蒜花椒爆锅煸出麻辣香味，放入鸡块翻炒，再加入炸好的花生米，掂勺翻炒撒芝麻出锅，那时的鸡肉外焦里嫩，香气扑鼻。

她说，给你讲一个故事，你爱不爱听？

我说，我给你满上酒。

听她的语气，大概是一个无奈有点悲伤的故事。

她说，问你一个事儿，你有没有很用心地爱过一个人，最后却没有在一起，但是你仍不甘心？

我说，有，不过现在不想了。你看，当你最饿的时候，你想吃一碗热乎乎的鸭血粉丝汤配上一笼屉刚出笼的蟹黄包，你要坐车去，可是路上堵车了，你等啊等，等啊等，时间就那么耗尽了，最后你只好先下车，去买了一碗麻辣烫先吃，吃饱了，就不惦记了。车轮往前走才是前进，包子咬一口才知道味道合不合心意，最后在一起的那个人你才觉得她无人可替代。

她端起酒猛干了一大口，被呛了一下，不停地咳嗽。

我递给她餐巾纸，说，你慢点喝。

她说，喜欢过一个少年，觉得会嫁给她。那时年纪小，还相信童话，以为说过的永远就是永远。我记得我们分开那一天，雨下得好大，他先走的，我跟着车跑了一段距离，然后有车撞了我，伤得很厉害，腿上有大面积的伤，后来的几年我基本上告别了裙子。

她接着说，我出院的时候，已经过了填高考志愿的时间，我爸爸托关系，然后我去了一个军校。我就再也没有联系过那个男孩子，那个时候大概自卑，脸上有伤，也背叛了我们之间的第一个决定，就是去同一个城市上大学。后来在军校，认识了我现在的老公，他对我很照顾，那个时候，我觉得那个男孩子应该有了新的女朋友，你说谁会傻傻地等一个人。

我喝了一口酒，笑着说，我等过。

她说，后来，我现在的老公托他爸找了有名的军医，然后我做了微整形，毕业后，我们结婚了，那个时候各忙各的，两年后我们有了孩子。有一天翻出高中那时候写的情书，才觉得，回不去了。愈发觉得心里有一个坎，年少的时候辜负一个人，就是一个结，打不开。也许当时我给他打电话，现在已经是另一个结果，也许觉得爱得不够深，怕他遇见我那副模样会跟我说分手，有些事自己做决定，对不对已经不重要了。

我说，那些最后终究没有在一起的爱情，就像切好的菜，放了满满的一大桌子，以为各有各的搭配，没下锅以前，都有可能。说好鸡蛋跟着西红柿，最后加点糖，下了锅，是鸡蛋配青椒，撒了盐，西红柿只好跟着牛腩走了，原本跟着青椒的肉丝最后遇见了土豆丝，那种味道叫作鱼香。我记得梅艳芳有一首歌这样唱过：但凡未得到，但凡是过去，总是最登对。

她说，后来有一天听说他订婚了，替他高兴，他也应该幸福，你说对不对？见过她女朋友，很漂亮很贤惠，绕一个圈子再遇见，那个时候，大家都长大了，应该都不任性了吧？但是我依然不敢告诉他真相，怕他怨恨我。

我说，两个相爱的人各自都幸福，这也是很好的结局啊！我觉得他应该不会再在意这件事了，毕竟那么些年了，就像你说的，都长大了，小孩子才挑食，大人都只买自己喜欢的。借着酒劲，跟你聊聊我喜欢的那个姑娘，大概十年前，她也是突然不见的，我们分开的那一天也是下大雨，你说巧不巧？你来我们店里第一次吃辣子鸡的时候，你说话的声音跟她好像好像，我一度以为你就是她，可是天底下哪有那么多巧合的事。十年前你喜欢的姑娘，十年后嫁人了，住你对面，开什么玩笑，演电视剧呢？

她端起杯子要跟我一口干，我说，我们又不打烊，你着急什么？

她说，你是不是不敢？

我端起杯子二话没说，仰脖子一口干，然后憨憨地跟她笑，说，好苦。

然后我接着说，如果还能遇见那个姑娘，我大概会走上前去抱抱她，管她是不是嫁人了，然后围着她转个圈，看看她这些年变化。她应该比我遇见她的时候更漂亮更成熟，她应该不会跟我说对不起，我认识她的时候她可倔强了，每一次吵架都是我认错。

她说，对不起。

我们相互一愣，然后面对面哈哈大笑起来，我说，你又顽皮了。她就是跟我说对不起，我都会很大度地说，我早就原谅你了。

她说，对不起，对不起，对不起。然后开始哭，哭得跟一个孩子似的，也许酒喝多了，往事就跟过电影似的。然后她说，你找找我的手机，我想跟他说声对不起。这些年大概彼此心里都有一个坎，现在想通了，想迈过去。

我从她的包里翻出手机，递给她，她晕晕乎乎地找号码，这个时候我的手机也响起了，一个陌生号。我接通，只听见里面说，对不起，对不起，对不起，我嫁人了。她还是边说边哭，不停地说着对不起，后来手机掉在了桌子上，手机屏幕上显示：哆啦A梦。

我记得那一年，我看着她，把我的号码存在手机里，她撒娇说，你做我的哆啦A梦，好吗？我有什么愿望你都帮我实现，好不好？

我说，好。

她说，我现在就要许愿。

我说，你说。

她说，你要爱我一辈子，很长很长的一辈子，不准给我说分手。

我说，我答应你。

五

我十年没有换过手机号码，希望她想找我的时候，就可以找到我，现在不想说话，点了一支烟，猛干了两杯啤酒。

那时的气氛有点尴尬，该遇见的人终遇见，却不知道该如何开口。就算开口，也不知道说点啥，搁在肚子里的委屈，跨越了十年，现在也云淡风轻了，谈不上很爱，也谈不上恨，曾经那个很爱很爱的人，最后跟你没有任何关系，这大概就是最大的难过吧！

她说，我终于鼓起勇气跟他说对不起了，我再也不是他那个骄傲的小公主了，我终于可以卸下心里的那个大大的包袱了。来，恭喜我吧！她摇摇晃晃站起来，端起酒在我面前。

我站起来，抱抱她，这一个拥抱等了十年。

她大声喊，再见过去！我们重新认识一下，好不好？她的样子很好看，一如十年前，她站在阳光里跟我说话：你好，我叫苏晓萱。

我说，我知道。

她说，我喜欢你。

我说，我也喜欢你。

她说，你从什么时候开始？

我问，你从什么时候开始？

她说，从你走进艺术生教室的时候，我一抬头，刚好看见，那个时候我觉得，我要跟这个男生谈恋爱，一辈子的那种。你呢，什么时候？

我说，从你走进校园的时候，你那天背着红色的单肩包。

我想起《欲望》里的一句话：我无法拥有你的时候，我渴望你。我是那种会为了与你相见喝杯咖啡而错过一班列车或飞机的人。我会打车穿越全城来见你十分钟。我会彻夜在外等待，假如我觉得你会在早晨打开门。如果你打电话给我说"你是不是愿意……"我的回答是"是的"，在你的句子说完之前。我编织着我们可以在一起的世界，我梦想你，对我而言，想象和欲望非常接近。

然而。

然而。

她说，今天的辣子鸡有点咸。

我说，那就等会吃吧！

她问，等一会，就能变淡了？

我说，嗯，大概时间会冲淡一切吧！

我想吃你一块豆腐，么么哒

一

我是在菜市场认识的豆腐姑娘，她的豆腐做得很好吃，每天一大早大家都排着队等第一锅豆腐，生意很好，她会提前留两块给我，是我约定好的。有时候她不忙会送到我的店里，有时候我自己去取，等人散去，她微笑着递给我豆腐，她时常问我，柴小汪怎么样了？

她也挺喜欢狗，每一次她来我包子铺，都会顺道给柴小汪带一些好吃的，这一来二去，大家就熟悉了。

她喜欢吃老王做的麻婆豆腐，她说让她的豆腐重新有了新的灵魂，你看，在热油锅里，炒熟郫县豆瓣肉末豆豉，煸出香味加点蒜末，加点黄酒酱油，把小块豆腐放进去，加点水咕嘟，淀粉勾芡，最后出锅撒点花椒面香菜末，那香气飘在厨房里，整个空气里都是恋爱的气息。

我问她，那是豆腐一个人的狂欢，哪来恋爱的气息啊？是暗恋吧！

她嘟着小嘴说，你不懂，那不是暗恋，是等，等风来，所有的街道就都会闻到了，那个时候门口啊，树啊，都会贴满大大的红双喜。

认识豆腐姑娘，大概有一年的光景了，最近，感觉她怪怪的，有时候就是坐在那里，静静地发呆，然后嘴角就开始泛上笑容。我盯着她盯着的窗外，梧桐花快要开了，这确实是一个适合恋爱的季节。后来，某天中午，我不是很忙，站在梧桐树下抽烟，她远远地向我打招呼，我笑笑。

她从远处走来，递给我一支冰激凌，她说，我要结婚了。

我突然一下子给蒙住了，差点没把冰激凌给掉地上，我看着她满脸的笑，觉得那该是恋爱中女孩子的脸。我疑惑地问她，我，可以问你一个问题吗？她说，你说。我说，我从来没有见过你谈恋爱啊？咱俩认识的这一年多，没见过你跟哪个男生约会过啊？

二

我在前台的榨汁机里给她做了一杯西瓜汁，她坐在靠窗的位置上，那个时候街上人很少，那个天气，人和烤肉串的区别就差一撮孜然辣椒面。店里的空调声音显得有点大，她喝了一大口西瓜汁，然后开口说，你有没有等过一个人？

我说，等过啊，现在就等老王，晚上一起喝酒呢！

她说，不是这样的，是等很久很久的那种。

我摇摇头。

她笑着说，我等过，五年。你知道吗？你知道，五年多长吗？就这，她拉过她的头发给我比画，然后说，从这么短，长到这么长，然后咔嚓一剪子，再从这么短到这么长，咔嚓一剪子，现在又这么长了。你知道，待我长发及腰，少年娶我可好？

我说，知道啊！

她笑着说，那个少年，要回来了。她说这一句话的时候，脸上的小酒窝很好看，果然，恋爱中的女人，自带磨皮美白功效。听她说话的样子，应该是一个很长很长的故事。

我问她，你为什么要等他五年啊？万一，他不回来了，你怎么办？

她说，除了等，我找不到第二个方法。

我说，你就那么相信他一定会回来？他回来一定会带着好消息？

她说，我不是相信他会回来，而是我相信，爱情应该不会辜负两个对的人吧，他们好不容易才在一起的。

我说，你是我见过最傻的姑娘。

她说，可是，现在，他不是要回来了吗？从现在开始，你要给我准备大红包，等我嫁人那天，让老王给我做麻婆豆腐，一桌一盘。刚好，老王推开包子铺的门，打了一个大喷嚏，说，谁在念叨我呢？

我转头跟老王说，跟你说一个好消息，你扶着椅子，别吓着。

老王说，几个意思？

我一字一句地说，豆！腐！姑！娘！要！出！嫁！了！

老王说，别闹。

我很认真地说，真没闹。

老王一脸茫然地盯着豆腐姑娘，想要求答案的样子。豆腐姑娘笑着点点头。老王抽过来一把椅子，坐下，八卦地说，说说，啥情况啊？

豆腐姑娘说，十七岁的时候，喜欢一个少年，他出国了，我不知道什么情况，反正就是突然走的，他临走就跟我说了一句话：等我回来，我从十七岁开始等他，现在我二十二岁了。豆腐姑娘说得云淡风轻，跟说别人的故事似的，一个姑娘等一个喜欢的心上人，五年，要不是我认识豆腐姑娘，真不敢相信。

老王说，讲完了？

豆腐姑娘说，嗯，完了。

老王说，你好歹讲点剧情啊！你等着，我去炒个菜，没想到，你还是一个有故事的女同学。

豆腐姑娘说，我要吃麻婆豆腐，辣辣的，麻麻的。

老王笑着说，好。然后老王进里厨房，开始忙起来，从大厅穿过厨房的门口看见老王从冰箱取出来豆腐，那是昨天豆腐姑娘送来的。昨天她来的时候，我还记得她是蹦蹦跳跳的，像是一个小白兔。可能昨天她就已经知道了少年要回来的好消息，愣是没憋住，今天来找我分享了，哎，恋爱中的女人啊，太沉不住气了。

我说，说说吧。

豆腐姑娘盯着窗外，愣了一会儿说，嗯，这还真是一个好悲伤的故事呢。我们高一那一年就认识了，他是一个体育生，打篮球的那种，很高很帅。

我说，你看，你这个花痴样。

三

豆腐姑娘说，他真的好帅，好吧。那个时候我还在啦啦队，他每一次打比赛我都会跟着去，有一次在体育场我扭伤了脚，他摸着我的头说，乖，不哭。我当时还真的就感觉不疼了，感觉他的笑天生自带阿司匹林呢，然后他背我去医务室，错过了一场很关键的比赛，回来后他被教练骂得狗血喷头，我过意不去，请他吃饭，那天他只点了一份炖豆腐，你说搞笑不搞笑，他居然自带着韭花酱去了，这男的太会过日子啦。

我说，然后，你就喜欢上他了？

豆腐姑娘说，他就夹着豆腐蘸韭花酱吃，吃得很开心的样子。我当时就哭了，真的，脚崴了，那么疼，我都没哭。

我说，是不是韭花酱太辣了，辣哭了？

豆腐姑娘说，去你的。我讲得这么煽情，你还笑。这么说吧，其实那天我准备了一个星期的饭钱，打算请他吃一顿好的，尽管食堂也没啥好吃的，但好歹红烧肉、鸡翅、酱猪蹄啥的，他就点了一份清水炖的豆腐，关键最后还是他自己付的钱，也就是那天，真的，就是那天，我想要嫁给他，那个时候我们高二。

我问，谁先表白的啊？

豆腐姑娘说，当然他啊，他是体育生，我记得那天，都半夜了吧，貌似有一个人在楼下大声喊，某某某，我喜欢你。我是被吵醒的，室友说，是不是叫你啊？我仔细一听，还真是我，又害怕又开心。你知道的，高中的那个时候谈恋爱的都是搞地下的。我害怕的是，完了，明天全校出名了，挨批肯定跑不了了。开心的是我也喜欢他。我穿好衣服下楼，当走出宿舍门口，他呼地一下子跑上来，抱住我。他酒气很大，我说我知道了，你回去吧？他问，你知道什么？我说，你喜欢我啊。他又问，那你喜欢我吗？我当时点点头，他说，点头啥意思？我说，就嗯啊。他说嗯是啥意思啊？我说，我也喜欢你。他开心地公主抱，抱着我，转了好大一个圈。他说，你回去好好睡觉吧！然后他蹦蹦跳跳地走了。那个时候快接近高三来临前的暑假。

老王端着一盘麻婆豆腐过来说，真疯狂！

豆腐姑娘说，第二天，他被全校通报批评，本来学校有一个特招名额，他有机会的，一下子没了。他也不担心，反正他能力强。那时候，我也知道了，其实他的家境很一般，父母对他期望挺大的，希望他将来考一个好大学，有出息。那个时候我改学美术了，学美术还挺浪费钱的，我觉得我有一点天赋，那个时候我们相互鼓励，希望将来有一天去一个美好的城市，谈天说地谈情说爱。

我说，恋爱最好的状态就是在最好的时间遇见了最好的彼此。

豆腐姑娘说，可惜，知道得太晚了。高三那一年，是我一生最喜欢的日子，我们很少吵架，他特别照顾我，能忍我所有的小毛病。但是我记得我们吵过最凶的一次，那时候我学美术，水彩笔颜料什么的挺费钱的，我不好意思问家里要，只能从饭钱里省下来，其实我家境也一般，我还有一个弟弟。他知道了以后，把我大骂了一顿，我很委屈，我说，你有本事找一个有钱的姑娘啊！我就是穷，看不起我，分手啊！

说到这里的时候，豆腐姑娘有点情绪激动，眼睛里明显有眼泪在打转，我碰碰她的胳膊递给她一张餐巾纸，她接过去，突然笑了，说，没事的，都过去了。

豆腐姑娘接着说，他说，你怎么那么傻啊，你告诉我啊，说好了疼你一辈子，差一天，都不行。那天吵完架，我就回去了。第二天，他给我一百块钱，说去买点好吃的。后来一段时间，我很少见他，也不见他去训练，问他的队友，都说好几天不见了。我一下子吓坏了，人，怎么说不见就不见了。后来再见到他，他有点黑，我问他去哪里了，他不说，笑着递给我八百块钱。我哭着抱着他，我还以为你不要我了呢，他突然喊了一声，啊疼。我才知道，他的肩膀磨伤得很厉害，我再三逼问，他才告诉我，他去帮人家扛包了。他还笑着说，没事，我有力气。

我说，你真幸福。

豆腐姑娘说，我的专业成绩考得还不错，那个时候只要文化课过关，就离梦想更近了，省篮球队很看好他，有专人来跟他谈过。我们一直以为我们想要的未来越来越近了，就在那个时候，我弟弟得了一场大病，家里欠了很多债，于是那一年，我放弃了高考。后来，我就去了市里一家厂子打工，也是那一年，他说要出国。我没有去送他，他给我打电话，说了好多好多，最后他说等我回来。我收到他从国外给我汇过来的第一笔钱，我才知道，那一年他踏上了出国劳务的飞机。后来我攒了一笔钱加上他给我的，开了现在的豆腐店。我记得多年前他吃豆腐的样子，我喜欢他微笑的样子，我更喜欢那个当年要奋不顾身嫁给他的好姑娘。

我说，你要的麻婆豆腐有点凉了，要不尝尝？

那个时候，我跟老王都被眼前的姑娘给震撼了。我们真正羡慕的那些爱情，是来时路你搀扶我一把，我鼓励你一句，在黑夜赶路累了抬头看看星光。我们真正羡慕的那些爱情，是陪你穿越湖海森林山川，无论多难总想着再坚持一下，路会平坦的，天会大亮的。我们真正羡慕的那些爱情，是你拿命护我一路周全，我拿命抵你余生无牵无挂。

豆腐姑娘突然站起来，跑了出去，我顺着她跑的方向，看见一个人一瘸一拐地拉着行李箱。她突然跳起来搂住那个人的脖子，那一个拥抱抱了很久。老王炒的第五个菜刚上桌。老王问，人呢？我指指窗外。

我跟老王突然明白，昨天豆腐姑娘来给我们送豆腐的时候说的话，明天好好准备一桌酒菜。老王说，我去再加一个菜。我说，顺道把那瓶好酒拿出来。

四

后来豆腐姑娘的男朋友找过我一次，他执意要请我喝酒，我说，还是我请你吧，那时候老王随便炒了俩菜。

豆腐姑娘的男朋友问，有没有韭花酱？

我说，还是喜欢吃豆腐蘸韭花酱？

他笑笑说，习惯了，已经好久好久没有尝过了。

我说，我有地道的豆腐，地道的韭花酱。

他说，叔，求你帮个忙，好吗？

我说，酒席的事儿吗？

他说，不是。

我说，你说，能帮上忙，一定帮。

他说，能帮我劝劝她吗？我想分手。

我先是一愣，说，什么意思？你有新的女朋友了？

他说，没有。

我问，你不爱她了？

他说，爱，很爱。

我说，那你这是玩的哪一出啊？你们不是快要结婚了吗？

他低下头，指了指自己的腿，说，不想拖累她。

我确实不理解，爱里的一种行为，怕拖累对方，就想先离
开，这究竟是伟大呢还是懦弱，对方都没有张口说拖累呢，自
己心里过意不去，想要成全，为什么不问问对方的感受，是谁
教会了我们成人之美。

我说，你知道她的想法吗？

他说，我不想让她为难，既然深爱一个人，有些决定就应
该替她来做，我怕她因为同情我，而毁掉了她的一生，你说，
她才二十二岁啊，她应该有大把的青春去挥霍，她应该去尝试

所有她想过的生活。

我说，你太武断了，你低估了一个姑娘对爱情的信仰。你是不是对你们的爱没有信心了？

他说，五年了。

我笑了笑说，来喝酒。

他问我，你笑什么啊？

我说，你坐的位置，昨天她也坐这里，她给我讲了一个很长很长的故事，长到有五年那么远，她讲从前，讲以后，讲得最多的都是关于你。她十七岁的时候，就想嫁给你。

他说，可是我怕。

我说，你怕什么？你只尝过清水豆腐蘸韭花酱啊，豆腐的吃法，好多好多呢，去啊，去跟她一起把喜欢的好吃的都吃一个遍。五年啊，你就当不小心按了一个快进键，接下来按个减速键，好好去爱，像你们十七岁的那个样子。你滚去谈恋爱啊，你找我喝酒干吗。

过惯了苦日子，你就会知道，这世上，喜糖和你，最搭。千万别用分开来证明爱，你说，非要用刀划开胳膊，来证明刀锋利，图什么？你看见，热乎的麻婆豆腐上桌，你闻着香气的样子，就足以证明，喜欢是打心底出发的，它会绕好远好远好远的路，穿过我们看不见的、我们看得见的世界，在嘴唇上一麻一辣。

你希望她往后会遇见更好的人，为什么，你不去做那个最好的人，何况，你的底子好啊，从一开始，她就喜欢你。

五

隔天，我再见到豆腐姑娘，她哭着来找我，我问，怎么了？

豆腐姑娘哭得很伤心，我们分手了。

我说，你别闹，是不是跑叔这里花式秀恩爱呢？

豆腐姑娘说，真的。

我很疑惑，问，怎么个情况？

豆腐姑娘说，他就跟我说，你还年轻，你应该有更好的爱情。往后要是跟了他还要照顾他一个瘸子，拖累了我。可是，我十七岁就学会了要嫁给他，往后让我怎么学嫁给别人啊？我可以照顾他啊，照顾他一辈子，差一天，都不算啊！

我说，你们分开五年，所有的一切已经不是当初的样子了。喜欢时拿命护你，不喜欢也别强撑，你又不是伞。无须让所有人看见你的光芒，自己暖心就够，你又不是中央空调。就算分手，不用心凉，你又不是冰激凌，也别心酸，你又不是柠檬。往后的路宽敞呢，你要有自己的范儿，牛肉盖饭也好，番茄炒蛋盖饭也好，就摆在眼前，你吃下去就暖胃，就顶饱，这比信诺言更实在。

豆腐姑娘说，叔，你不懂。

我说，咋不懂啊，爱你时，愿以身试险赴汤蹈火，多放辣子，少放孜然。分开后，愿你深情，难遇无良，一品生煎配着麻汁蒜泥酱。往后时光忆起你，内心山川起伏，海河汹涌，面带十里桃花，无惊无喜，你是你，送他一程，他是他，陪你一场，惋惜没能一起骑马走四方，庆幸年纪轻轻路还挺长，有些喜欢比爱更舒服，再遇见，酒满上，你先说。那不过是最冷的时候遇见一个拥抱，最渴的时候遇见一杯鲜榨果汁，最饿的时候遇见一个肉夹馍而已。

豆腐姑娘说，我就想每一个梦里有他，每一餐他就在对面，往后的时光，世界分他一半，果汁分他一半，肉夹馍分他一半，两个人温柔相爱，长情以待。你说，往后的路还能有多大的坎，不就是瘸了嘛，只要还能抬起来，就能跨过去那个坎。

我对着厨房说，你现在相信了吧！要是以后辜负了这个好姑娘，叔一定饶不了你。豆腐姑娘的小男朋友，探出头，居然哭了，真是的，一米九的大个子哭起来真难看。

一直以为麻婆豆腐是豆腐一个人的狂欢，后来才知道，它身上的麻辣味道，是所有辣椒花椒郫县豆瓣倾尽一生的力量爱它的味道，越麻越辣越爱。豆腐从入锅的那一刻就喜欢上了这种麻辣味道，你让它往后怎么习惯跟小葱拌一起，跟鲫鱼炖一起，既然说了爱一辈子，那就爱一辈子好了，我数学不好，你告诉我，差一天，怎么算一辈子？

我喜欢你，到喜欢为止

一

有个蹊跷事，刀切的土豆丝比用其他工具擦丝好吃，手撕包菜比刀切好吃。而在所有家常菜里，土豆丝当之无愧国民第一，唯一不服的是西红柿炒鸡蛋，可惜，西红柿炒鸡蛋分为甜咸两大门派，势力被分割，于是土豆丝占据了国民家常菜的半壁江山。

酸辣土豆丝的制作方法简单，容易上手，所以国民基础好，与拍黄瓜、盐水花生和毛豆并称为烧烤撸串界的四大天王。同时作为家常菜里的颜值担当，土豆丝与青红辣椒的铁三角关系构建的红黄绿三原色氛围，营造出了一种让舌头走在斑马线上的感觉，所以一定要遵守饮食交通规则，红灯停，绿灯行，红辣椒吃多了，会上火的。

还有一个蹊跷事，同样的土豆丝，一样的搭配，但是每一个人炒出来，味道却不一样，就算是同一个人，每一次去炒，心情不一样，味道也不一样，这就是火候。凡事，讲的就是一个火候，炒一盘好吃的酸辣土豆丝，那是运气，想想，说人生无悔，都是赌气的话。人生若无悔，为什么你炒的土豆丝就是不好吃。

所以，每一个人心里都有一盘酸辣土豆丝，有的人刀切土豆丝，有的人用工具擦土豆丝，其实，心思不一样，味道就不一样了，好多事儿，多的就是那么点心思。

天气预报上说，明后天会有大雨。

我准备关机睡觉，突然收到小鱼的一条微信：换一件漂亮的衣服，天亮，我就要走了。认识你真好，愿你还能跟这个世界温柔地相爱。最后一次：早安。

我说，莫名其妙。

这个时间，凌晨一点。

小鱼说，当爱把一个人逼疯，自杀就不再可怕，那只不过选择了一种最极端的方式离开而已。但愿下一个世界还有温暖的人和一条狗，再见！

我说，你别闹！

小鱼，我认识八年的一个女孩子。

四年前，她说，我遇见了我的 MR. RIGHT，我要跟他结婚，我要给他生孩子。那年夏天她啃着雪糕开心地给我讲她遇见他的故事，雪糕化了流了一手都不曾发现。后来他们就闪婚了，我说，只要你开心就好。

当年，我没有参加小鱼的婚礼。其实，多少有点遗憾，毕竟曾经喜欢过她很长一段时间。她结婚的时候，我给她邮寄礼物，我挑了好久好久，很久很久，最后我只邮寄给她一大箱樱桃。有些爱，就像樱桃，吃的时候很甜，扔掉就忘记了，但是种子会藏着一个人的爱情生根发芽，在不起眼的角落，卑微地活着。

后来，小鱼怀孕了，她婆婆不让她养狗了，她的小泰迪就被带走了，她挣扎过哭过解释过，但是她老公没有帮她说过一句话，那一天，她给我打电话，哭得很伤心，我安慰她，一切都会好起来的。那一天，她差点先兆性流产。

二

小鱼说，实在受不了，老公骗我，他全家都骗我，他根本没有上过大学，他家根本不开饭店，他每个月就三千多的工资，婆婆是一个很刁蛮的人。

他们结婚准备买房的时候，她老公说，你放心，我们家首付三十万，妥妥的。

可是领了结婚证，她老公说，没说过啊，我们家只能拿出来十万，剩下的，你家看着办吧。

那时候已经支付了订金，不签合同订金是不能退的，小鱼只好找她妈妈借钱，她妈妈说，两个人，只要好好过日子，计较那些，干什么。她知道，既然结婚了，就要好好过，可是，没有这么欺负人的。你曾经托付的人，你敢把整个后背给他的人，你那么信任的人，他在你背后捅你一刀，什么滋味。

说好的，人与人之间的信任呢？

后来她生孩子的那天，她婆婆去看她，一看生了一个女孩，脸上瞬间就不高兴了，就像她犯了多大错似的。她婆婆说，反正年轻嘛，再生一个就行了。她当时气不过，丢下孩子就从医院跑了，后来医院报警了。

她跟她老公谈恋爱的时候，他不是这个样子的，后来才知道他是典型的妈宝男。以前以为他是一个孝顺的孩子，张口我妈说，闭口我妈说，一个孝顺的孩子总归是值得托付的，后来知道，千万别嫁给没有长大的男人，女孩子，真的应了一句话：宁愿找个爸，千万别当妈。

小鱼生完孩子以后，她就一直住在她妈家里。其实想想，结婚前有些纠结，只是她妈说，都领回家了，如果不结婚的话，让人看笑话。她当时想，他对自己挺好的，想想婚姻嘛，也就那么一回事儿，一张床，一张桌子，有一个暖心的人，一日三餐就够了。

可是现在她再也忍不了，在她老公的手机上看到了很多暧昧的短信，她才知道，怀孕的时候，什么加班，只是约会狐狸精的借口而已。生完孩子以后，婆婆横挑鼻子竖挑眼，三天两头唠叨给他们家断了香火。她不止一次想过要离婚，然后去一座陌生的城市，自己生活。她妈说，过日子，哪有不吵架的。只是她妈不知道，老公都出手打她。

以前以为"坠入爱河"，英文里叫"fall in love"，那种fall的感觉很棒，奋不顾身，坠是什么感觉？就是纵身一跃，把身体交给天空，爱会自动生成翅膀，你闭上眼，飞啊飞，飞啊飞，然后扑通，掉进河里，那条河叫爱河，那河水真暖，你顺着水流而下，那河岸开着漂亮的花。

后来才知道，要是不会游泳，那便是挣扎，挣扎什么感觉？就是水漫过头，你努力让头钻出水面，使劲地跳，使劲地跳，你大声呼喊，然后越来越累，你喊的声音变成一串串气泡，从此河流压顶，你沉入河底，万劫不复，你看见水草缠在脚上，每走一小步都费劲，真的，婚姻一小步，世界一大步。

三

我以前以为忘记一个人很简单，可惜，你跟她一起吃过一盘酸辣土豆丝，所以往后，好不好吃，你点了，就是记忆复苏。你会因为这一盘土豆丝而永远记住这个人，你不可能戒掉土豆丝，它是你生活里的一部分。

什么叫"想通了"，那不过就是"放手了"，其实那盘土豆丝是无辜的，它在你开始爱情之前就出现在你的生命里，你吃了无数盘偏偏因为一个姑娘记住它，这是它的悲哀，它的酸辣永远比不过一个姑娘给你的酸辣。

曾经我以为那盘土豆丝很重要，因为我觉得有些菜尝一口就是一生一世，现在想一想，也没有什么分别了，有些事会变的，谁来炒，就是谁的味道。

小鱼说，我记得，两年前我生日，你在QQ空间里给我留言，问我，我老公疼我吗？那个时候，我眼泪唰唰地往下流，因为我们刚吵完架，那是第一次我老公出手打我。那个时候，我要涂厚厚的粉底才能去上班。忍了两年了，忍不下去了，再忍下去，我就要疯了。

小鱼说，我妈不让我离婚，说丢人，当初是我自己选的，现在有孩子了，不好好过日子。后来我受的罪，我都不敢跟我妈说，有时候脸上有伤，我妈问我，我就说晚上走路被小区的树枝划的。

小鱼说，其实挺后悔当时遇见你，我没有跟你表白，就算当时被拒绝了，也不会有遗憾了。还记得毕业那天，我们在商业街的餐馆喝酒，喝大了，你背我回宿舍，那是我认识你最幸福的一刻，你说，有一件事，要告诉我，但是最后你都没有开口。其实，我很想听到你说一句，你爱我，哪怕是醉话都好。

其实毕业那天晚上，我想说，却没敢说，但是我用剩下的土豆丝拼了一个"我爱你"，那个爱好浓烈的，全是用红辣椒拼的，好可惜，她没有看到，我想，服务员收拾桌子的时候一定会看到，他一定觉得，好可爱的一个逗逼！

每个人都会经历这个阶段，你吃一盘土豆丝，你需要一个人陪，往后这盘土豆丝成了唯一，你翻到盘底它就是一盘土豆丝，可是，你就是不信，你觉得这是一盘好吃到哭的土豆丝，那不过是你不甘心，有人来到你世界，又离开你世界，你哭着说，这不是你吃的那盘。

其实，你吃的不是那盘土豆丝，而是吃的与对方一起的时间。

我知道，你不会为一盘酸辣土豆丝去冒险喜欢一个人，这就是我跟你的区别。这世上，有无数的餐馆开张，每一家都有一盘土豆丝，只是我走进哪一家，都不会再碰见你，那便是我的生活，不会刻意去忘，有一天，提及酸辣土豆丝，我会说，我炒的挺好吃，听说你手艺也不错。各过各，各安心，各自出锅。

四

常常我们看来轻而易举的事儿，背后的酸辣都够炒一盘菜，所以，酸辣土豆丝适合深夜碰杯，我们都有这样的深夜，酒满上，几句梦想的话翻来覆去，最后一口闷，再夹几口土豆丝。

那一个电话打了很久，后来，我握着手机的手有点颤抖，八年了，我喜欢过的姑娘最后没有幸福，而我此时此刻却不能做点什么，那一刻，我很无助。其实，命里的事儿，说不准，即使她当年嫁我，也未必幸福，没发生过的事儿，尤其是爱，哪好说。

我说，等我。

我坐在火车站的大厅里，一直等到快七点，然后我去了北京。我在火车站的出口给她打电话，她来接我，给我买了雪糕。四年后，小鱼说，要么自杀，要么离婚，我想为自己活一回了。雪糕化了流了一手都不曾发现，她一直哭，一直说。

我说，我不怕你自杀，也不怕你当着我的面自杀，我只怕你还没有好好看看这个世界，你的孩子会长大，你还会遇见很多温暖的人，这么着急干什么，我们又不赶时间。如果你想听鸡汤段子，我大概可以给你讲三天三夜，但是我不想给你讲大道理，长话短说，我饿了。

她说，我请你吃灌汤包，还点你最爱喝的紫菜蛋花汤。

我说，我大老远来，就是奔着爆肚、茶汤、炒肝、豆汁、灌肠、焦圈、三鲜烧卖、徽子、驴打滚、炸酱面、烤鸭来的，但是你最好给我点一份酸辣土豆丝。

玩了两天，我还是没有见到她的老公，当然我也不想见，我怕真的遇见了，会管不住自己的手。

火车开动前，她说，你抱抱我吧！

我说，好。

没有不累的生活，难免压抑，可以任性点，但千万别做傻事。活着多好，总会有转机。倘若真受不了了，那么就短暂地离开，去见见陌生的城市，去吃地道的小吃，玩累了，睡个好觉，管他呢，爱谁谁。天一亮，又是美好的一天，街边还有喷香喷香的肉夹馍和豆浆，天一黑，又过了愉快的一天，街边还有喷香喷香的烤肉串烤鸡翅和冰镇的啤酒。

死不是一个人的勇气，而活着才是，好好活，让那些伤害过我们的人看着我们幸福地活着，活活气死他们。

她说，我想问你一件事儿。

我说，我知道你问什么，最好别问。

她问，为什么？

我说，只有已经发生了的事儿，才是唯一的可能。

她说，可是，我想知道答案。

我说，无数次我们探寻的答案，其实心里有数，只不过想亲口确认一下而已，可是，确认未必是最好的结果，有些心事，只适合藏在心底。

她说，你可以不用回答，你只需要点头或者摇头就行，可以吗？

我说，好吧，你问。

她说，以前，你有没有喜欢过我，有那么一丝丝喜欢？

我说，你知道，有一种猫叫作招财猫吗？就是这样，我表演给你看，微笑着，手这样打招呼，希望你以后，像招财猫一样，微笑着，招手，去迎接新的美好的日子。

她说，我知道答案了，谢谢。

火车开动了，她冲着慢慢启动的火车招手，像一只招财猫一样，我微笑着，一直点头，点头之交，嗯，隔着车窗玻璃，说什么都听不见，她招手，我点头，里面藏了很多话，我不知道她懂不懂，我也不知我懂不懂，反正时光，都懂。

喜欢，对，也只能到喜欢为止了。宫二说过，喜欢一个人不犯法，但也只能到喜欢为止了。她的事儿，我不能插手，就算我是她的朋友，感情的事儿，都是当事人的事儿，外人靠边站。

我们扮演不了救世主，事儿后面的真相太多，我们看不到最全的，每一个决定背后都有代价，当事人是承受代价的，所以，我们不要轻易给我们以为的解决办法，因为往后的日子不是我们去过，朋友就是，难过需要肩膀的时候，我把肩膀腾出来就够。

五

火车快到青岛的时候，我收到小鱼的电话，她说，谢谢，我决定要离婚了，下一次婚礼，你一定要来！

我说，你想好了以后？

她说，试试吧。

我说，往后的路很长，注意安全。

她笑着说，我不怕。

我说，嗯，记住两件事，微笑招手，一定会变好的。记住没？

她说，记住了。

那天老王给我做了一份酸辣土豆丝，老王刀工很好，土豆切丝配料备齐，你看，爱情就不能像炒菜，所有的材料备好，油锅七分热，花椒红辣椒蒜片炝锅，土豆丝入锅，急火煸炒，酱油醋调味。火候很重要，早一分夹生，晚一分发软黏锅，而老王拿捏得十分到位。

老王端菜上来的时候，说，是不是还差二两小烧刀？

我一口闷了一杯，点了一支烟，说，她说，将来有一天她嫁给我，承包一大片地，挑水施肥种满土豆，她每天给我做土豆丝吃。那个时候，我手提公文包刚刚推开门，说，老婆我回来了。她围着小围裙，一蹦一跳到我的面前撒娇，然后我抱着她到餐桌前，那个时候，土豆丝才刚刚上桌，还冒着热气。

老王说，现在回头看那些所谓的爱和喜欢，遗憾的不是当时没在一起，而是好奇若当时在一起了，现在会是怎样？家家有本难念的经，你作为旁观的外人，瞎掺和什么，点一炷香祝福就好了。

我说，突然明白了一个大道理，为什么会有婚外情了？

老王疑惑地说，咋了？

我说，家家有本难念的经，外来的和尚会念经！是不是感觉我的见解棒棒哒！

老王很诡异地笑了笑说，你这是有想法？

我说，我分得清梦和现实的区别。

在成为国民第一家常菜的这条路上，土豆做了无数次的尝试，最值得炫耀的是它选择与西红柿联姻，成就了国民 CP 档薯条配番茄酱，一举攻占大街小巷，这一吃法迅速地抢占了年轻人的市场，为它日后攻占烧烤摊打下了良好的群众基础。

总有千万种方式，我们以为的不般配，可能也有我们看不见的情深，以前青岛大学门口有一对老夫妻卖肉夹馍，就是那种摩托三轮车的摊子，老婆烙馍，老公切肉，搭配得真好，生意很好，常常需要排队。

有回是晚上出摊，冬天有点冷，老婆说，感觉腿冻得有点麻了。老公立马蹲下用手来回地搓，一边问，这样，暖不暖和？老婆笑笑。老公站起来，对排队的人说，我老婆累了，今天就卖这些，你们几个人分分可以吗？

我想起一句话，可能是《时间旅行者的妻子》里的一句话：你陪我走过你的梦境，且告诉我时光何时归返。现在天色暗了，我也倦了。我爱你，永永远远。时间没有什么了不起。

所以现在，我无比怀念，跟你一起吃时光，时光的尾巴是酸辣土豆丝味道的。想想土豆丝为什么成了国民第一家常菜，它简单，就像故事发生在你身上，发生在我身上，我们无须说有多爱，而它已经成为我们生活的一部分，对，你也发现了，它跟爱情一样，最后成为我们生活的一部分。

可是，一盘土豆丝，吃完，不饱，就继续上菜，饱了，就擦嘴。实话讲，土豆丝，一定要大口吃，才爽，一筷子夹好多那种。

那天晚上，下了一场大雨，据说，十年不遇，我牵着狗在楼檐下，我想，雨好大，天，一定哭得很伤心吧！

喜欢你的人那么多，我算老几

一

片警小刘是我们马家屯一个热心肠的人，他熟读福尔摩斯，他一心想破获一起大案，但是他每天处理得最多的事，张家丢了狗，李家猫上了树，王家的鸡啄了张家的米，刘家的猪拱了孙家的大白菜。他觉得这是上天对他的考验，他被安排在马家屯当一个片警，一定是秘密潜伏下来，将来有一天执行一个大任务。他几乎每天来我的店吃一笼刚出笼的热包子，但是最近两个月突然人间蒸发了。

我再次遇见片警小刘，他满脸桃花开，张口就是，我下个月要结婚了，来一瓶最烈的小烧刀，一份西红柿炒鸡蛋，一笼香菇肉包。然后他从怀里掏出一张红色的请帖，递给我。

我记得片警小刘没有女朋友啊，这节奏不对啊！

我问，闪婚？

片警小刘拉开椅子坐下，说，先上酒，我好好跟你聊一下。

酒满上。小刘突然邪邪地笑了一下，那感觉笑里藏了一个小刀，一下一下划拉你那颗好奇的心。小刘说，刚破获了一起五百万的大案子。

我说，擦，那你不立马出任警督，走上人生巅峰，迎娶白富美了。

小刘说，我的西红柿炒鸡蛋好了没，你催催老王，这个事就着西红柿炒鸡蛋说更带劲儿。

我说，不对啊！你之前不是晕菜吗？看见西红柿炒鸡蛋就晕？

小刘说，那是我年轻气盛，不懂，现在我觉得全世界最好吃的就是西红柿炒鸡蛋。

我说，你看，肯定是爱情，让人变得盲目。

小刘说，话不能这么说，爱情没来临前，人才是盲目的，他像是一艘漫无目的航行的船，他像是一艘没有航线的飞机，他像是一辆没有跑道的赛车，可是，有了爱就不同，从此你的天空星星都亮了。

我说，你快点说说你的故事！

小刘说，容我先吃一口热鸡蛋。嗯，就这味，赞啊！老王手艺好，但终归是赚钱的工具，没我媳妇做得好，就算一份炒煳的西红柿炒鸡蛋，那都是有灵魂的，那蛋里透着酸，酸里透着浓浓的爱。

我说，酒都满上了，你跟我说这个，我要听五百万的案子。

二

小刘说，两个星期前，我跟大张正在吃饭，电话突然响了，一个姑娘哭哭啼啼地说，丢了五百万。我一想，大案啊！作案动机是什么？撂下电话，我调动所里所有警力，征用所里唯一的警车，要第一时间封锁现场取证啊！你看，上天终于知道我除了帅，还是有其他作用的。

我问，所里不就你跟大张两个人吗？你那走两步路就扑腾扑腾掉链子的破二八也叫警车？

小刘说，你别闹，还能不能好好听故事了？我骑着二八单车载着大张仿佛载着阳光，不管到哪里都是晴天。赶到现场，我跟姑娘说，你先别说。一想到这些年看福尔摩斯终于要派上用场了，心里还有点小激动呢，我跟大张说，保护好现场，我仔细盘查了一番，窗户没有打开的痕迹，屋里没有打斗的痕迹，看来这是一个高手啊！密室盗窃案！我问姑娘，你把五百万放哪里了？姑娘说，这里啊！我说，什么！你居然把五百万放狗笼子里！你也太招摇了吧！

姑娘说，它一直在笼子里啊，前两天接到前男友的电话，狗突然就不见了。

小刘喝了一口酒，猛吃了两口菜。

我说，你别急，慢慢说，我又不着急打烊。

小刘接着说，按照我多年的破案经验，这明显就是因爱生恨，携款潜逃啊！剧情一下子明朗了许多。我跟姑娘说，那这五百万到底属于谁的？

　　姑娘哭着说，五百万是我跟我男朋友在路上拣到的。我问，那你为什么当时不报案交到警察叔叔手里边？

　　姑娘说，一条被车撞断腿的流浪狗，警察叔叔会管吗？

　　小刘说，我当时脑子有点懵，剧情不对啊！说好的五百万大案呢？

　　姑娘说，那天我们带着狗去宠物医院，狗好了以后，腿一瘸一瘸的，而我们仨就在一起了。那个男的说，那一天遇见你，感觉像中了五百万，不敢跟别人分享，怕有人跟我抢，我个子不高，打不过人家。然后我们的狗就叫五百万了。

　　小刘说，我擦，五百万是一只狗的名字！那一瞬间，你知道，我看着我的警衔慢慢地飘远了，而且是乘着风游荡在蓝天边。五百万的大案，成了找一条狗，我说，姑娘，你等等，我先哭一会儿。姑娘说，我丢了狗，你哭什么啊？我说，我丢了大梦想。

　　听到这里，我已经笑得不行了，果然人生难得起起落落，还是要坚强地生活。

　　小刘说，你别笑啊，故事才刚开始呢。后来，我陪着姑娘找遍了小区，天黑了，也没找到，我累得腿都直了，终于明白了能力越大责任越大。姑娘觉得过意不去，邀请我在他们家吃饭，我就答应了，你说，拒绝一个漂亮姑娘，是不是不对。然后姑娘给我做一道西红柿炒鸡蛋，菜端上来，我晕菜了，简直黑暗料理啊！姑娘说，做得不好，你将就吃。要不是姑娘提前说做个西红柿炒鸡蛋，我还真不知道这道菜叫作西红柿炒鸡蛋，可能我读书少。我居然吃了，还吃得很香，太没出息了，这给姑娘传递了一个错误的信息。她居然开心地说，我就说我做的菜很好吃，只是缺一双发现美的眼睛。我说，嗯，天一黑，我夜盲症就犯了。

我问，一顿饭你就爱上人家姑娘了？

小刘说，那哪能啊！关键是我长这么大，除了我妈妈，就这一女的给我亲自下厨做过饭，挺感动的。后来，我在她家吃过三顿饭，知道她穿三十八码的鞋喜欢喝苏打水吃苏打饼干听苏打绿，分手一年多，跟一只狗一起过，前两天狗丢了。

我说，三顿饭不至于谈婚论嫁吧？

小刘说，狗回来的那天晚上，姑娘说做了一个奇怪的梦，梦里五百万跟姑娘说，对不起，我没有找到他，但是我找了一个天使替他来继续爱你。姑娘第二天给我讲这个梦的时候，我有点懵，她说，我们结婚吧！我说，你做的西红柿炒鸡蛋，好特别，我还想吃。姑娘说，好啊！好啊！一辈子做给你吃。

我说，妈蛋的，这酒好烈啊！呛得我流眼泪了。

小刘说，好奇怪，有时候费尽心机想，爱情来的时候什么样子，真的来的时候，仿佛又像在梦里曾经遇见过上百次的排练，一切那么自然。

我说，鸡蛋就是鸡蛋，但是当它遇见了西红柿，它就变成了一份酸甜可口的西红柿炒蛋。它遇见了青椒，它就变成了一份爽辣可口的青椒炒蛋。它遇见了菠菜，它就变成了一份清香的菠菜蛋花汤。人生也是这个样子，不在于你是谁，而在于你遇见了谁，就算没遇见，你还可以做一只骄傲的卤蛋啊！

小刘说，我结婚那天你一定要来！

我说，若喜欢一个人，也不必着急结婚，慢慢处呗。她若请你吃盐焗大虾慕斯蛋糕香煎小牛排可乐鸡翅麻辣蹄筋酱凤爪烤黄鱼，你吃得心安理得，便是好朋友。她若请你吃肉夹馍小凉皮，你想请她吃冰激凌热蛋挞，便是爱情。朋友不求回报，只求与你快乐分享，而爱情，她对你丁点儿的好，你都想加倍还给她。

小刘说，能力越大责任越大。

三

果然这故事一定要听两个版本以上，从甲嘴里出来的故事，经过乙丙丁加工演绎，再回到甲的耳朵，甲都觉得这故事真赞，这世道，每一个人都是民间表演艺术家。

这故事丢了一个细节，就是这关键细节，小刘跟这个姑娘是同学，关键是小刘当年还暗恋过人家一段时间，小刘当时走进案发现场，一愣，那姑娘一愣，互相说了一句：你是？这么巧。

姑娘问，你怎么当片警了？

小刘笑着说，哎，说来话长。毕业这么多年，你变化好多。

姑娘说，是吗？

小刘说，比以前更漂亮了。

以前的时候，小刘想过，再见到她，一定要告诉她，这些年不停地在心里推敲，语气情绪动作，全部准备就绪，就等命运的打板和一声"action"，想过无数个开场，帅的惊艳，最后一紧张只剩下一句：这么巧。攒了那么多赞美的词，最后只剩下一句俗套的，你比以前更漂亮了。

姑娘问，你结婚了吧？

小刘说，没呢。你呢？

姑娘说，刚分手有一段时间。

小刘说，嗯，不急，告别错的才能和对的相逢。

姑娘问，对的什么时候会来？

小刘说，你信不信，有些事儿，冥冥中，很不可思议，但是就是发生了。你以为这就是梦，可是不是，它只是先在梦里彩排了一遍，而后一幕接着一幕发生在我们眼前。

姑娘说，比如？

小刘说，我从来没有想过还能再遇见你，我还暗暗发誓，如果再遇见你，就告诉你，我喜欢你呢。回头想想都是好几年前的事儿，当时爱到心底，压在箱底，生怕被人知道，只一个人翻来覆去像是烙饼回味，现在张口说，原来爱也可以变得好轻。

姑娘问，为什么当时不告诉我？

小刘说，那时候，哪敢，喜欢你的人那么多。

姑娘说，为什么现在敢？

小刘说，做人要讲信用的，说了喜欢你，就喜欢你，我管你现在什么情况，遇见了，就告诉你。

姑娘笑了笑。

大张确实有点蒙圈，说好的五百万大案侦探大剧，一到现场怎么转场成了狗血的言情剧，大张小心翼翼地说，咱能先聊聊五百万的大案吗？

你大概是高考数学最后的一道大题，分数高，我想得，却无能为力，老实说，那是送分题，老师讲过很多遍，瞄一眼，太熟悉，太欣喜，就知道要错。我知道，就算再来一遍，我还是会错，因为是你，我瞄一眼，就再也安静不下来。

某人和某人的时间，挺玄妙，我们去过同一个地方，中间隔着时差，如果去掉时差，我们会发生故事，可是，时差一直都在，一直都在，有同样轨迹的应该去相爱，你说，时针和秒针怎么相爱？总有人走得快，总有人走得慢，我相信，有重叠，那就是一声"action"。

四

其实，小刘后来想过，喜欢有多简单。

听说，前面三十里有一场烟花，你恰在渡口，等我划船来接你，我准备了一百个冷笑话、一百句情话、一百个聊天的话题、一百首歌、一百道菜，想过无数个跟你一起的场景，把这些准备好的惊喜消耗掉，你一笑，就值了。

姑娘问，有多爱？

小刘说，你知道夏天吗？找一块阴凉地，摆一个躺椅，在你的手够得着的地方放切成小块的西瓜、冰镇的汽水。

姑娘说，不够爱。

小刘说，那怎么爱？

姑娘笑着说，还要放加了冰的啤酒，现烤的肉串板筋和鸡翅，盐水花生和毛豆，一把大蒲扇。

小刘问，你喜欢蝉鸣吗？

姑娘说，太聒噪了。

小刘说，你闭上眼，听，慢慢听。

姑娘说，什么？

小刘说，它们只有一个夏天的时间，所以拼命地说我爱你啊，你听，整个夏天都在说我爱你，你听，美不美？

姑娘说，美。

小刘说，够不够爱？

姑娘说，不够。

小刘说，整个夏天啊，你明白，是整个夏天，还不够。

姑娘说，对啊，缺你一句。

小刘笑了笑。

有些时候，我很好奇，为什么等爱的时间，会远远大过爱的时间，从知道爱开始，要花十几年才知道自己喜欢的是什么，然后拼命去得到，也会失去，会笑，会哭，会站在高山上欣喜，也会蹲在海边难过，那场爱，会把我们变成什么，不知道，经历了，也不知道，因为这一条路太长，我们再用力，也不过走了几分之一而已。

蝉说，我要脱壳。

可是疼啊！疼，就是青春给我们的感觉，没有疼，我们哪能对青春印象深刻，我们在青春里丢的东西很多，有些过了几年再碰到，算是惊喜，有些，一辈子再也不会见到，算是枉然。

小刘说，多做好事，会有好报应。

我说，是你小子走运啊！

小刘说，我果然是潜伏在马家屯，执行一个大任务，你看，让我逮着了吧，这福气，你羡慕不，你就说，你羡慕不？爱情虐我千百遍，我待爱情如初恋，你看，初恋上门了吧，这煎熬啊，你说，虐不虐？你就说，虐不虐？虐死了。

我说，得瑟！

小刘膨胀了，得瑟了，幸福得无法无天了，也是，这事儿，太值得炫耀了，四年啊，什么概念，都举办一次奥运会了，转了那么大的一个圈子，又跟喜欢的人遇见，然后谈恋爱，结婚，这简直是人生大赢家。

歌里唱着：有生之年遇见你，竟花光我所有运气。多难啊，愿你往后加倍珍惜，这运气得来不易，全花在一个人身上。多么奇妙又荒唐的爱！

其实，有些事，失去的时候，你会懊悔难过，但是随着时间，慢慢就淡忘了，你不去想，可是，有时候，命运是不怀好意的，戳你一下，你一机灵，心里藏着事儿的人，走得都很慢，心事太重了，你盼着碰见，又盼着不碰见，你怕，一伸手碰触，又会突然醒来。

想来，嘴上说着随缘，其实心里是多有不甘的。

五

对，那条狗没有回来！

姑娘有了小刘，小刘有了姑娘，二八单车后座上坐着姑娘，沿着街道是一路的蝉鸣和迎面吹来的凉风。

准确地说，根本没有一条叫作五百万的狗。

姑娘听朋友说小刘一直单着呢。姑娘不信，问，毕业好几年了，一直单着？

那朋友说，对啊，你不知道吗？学校那会儿，他暗恋你。

姑娘问，你怎么知道？

那朋友说，你真不知道？我以为你不在意呢。也对，有那么多男生围着你。

姑娘说，是啊，那么多男生围着转，可是我以为他高傲，当初看不上我。

那朋友说，记得不，当年散伙饭，小刘喝多了，说，要是再遇见你，就给你表白呢，当时大家都起哄。

姑娘问，真的？

那朋友说，感情，你们俩互相暗恋呢？简直，爱情里最大的冤案。

后来姑娘托人查到了小刘的工作地址，原来住得那么近，她只是鼓足了勇气想要去试试，也许是心里有一个执念而已，于是那天，她碰触了一下命运的开关，她拨打了一个电话。

于是那天派出所的电话响起，小刘接到报警电话，姑娘一边哭着说，丢了五百万。小刘终于觉得命运在那一刻选中了他，他多年的福尔摩斯终于派上用场了。

可是姑娘心里的五百万，大概指的是当年丢的小刘吧，为什么喜欢不敢说出口，我们劝慰别人的时候，都是说，喜欢就大声表白啊，你怕啥，可是一旦这事儿安在自己身上，就开始畏首畏尾。

小刘去了案发现场，分析了一大堆，姑娘不忍心打断他，看他认真的样子，好可爱。就听小刘头头是道的分析。于是姑娘作为答谢，也是老同学见面，请他吃饭，于是来了一盘西红柿炒蛋。

小刘觉得那姑娘在厨房炒菜的样子真没说的，他幻想过这个场景，姑娘把鸡蛋打碎撒盐搅匀，然后锅里热油，蛋汤摊成饼又搅碎，趁着最嫩的时候出锅。然后炒西红柿，翻炒，加入已经炒好的鸡蛋，翻炒，最后出盘。这是家常菜里最简单的一道菜，就像爱里最简单的一件事，说出口。

常常是鸡蛋很容易炒老，爱你在心口难开，最后抱憾。

那算是久别重逢，把几年的过往摊开了，互相了解，因为不知道，当年爱的种子，在心里，是不是还能如期发芽，开花，结果，要重新拿出来，放在阳光下，晒一晒，埋在土里，浇水施肥。

小刘说，我回请你吃饭吧！

姑娘说，好。

那天，他们点了西红柿炒鸡蛋和小笼包，小刘在吃包子，而姑娘在看小刘，姑娘觉得他们离得好近，姑娘想起许久以前他们在学校食堂，她看见小刘在窗边的桌子上吃包子，她心里想，要是能坐在他旁边，一起陪他吃包子，该多好！

他们中间隔了四张桌子的距离，小刘在窗边想，要是能坐在她旁边，一起陪她吃西红柿炒鸡蛋，该多好！

小刘说，这一辈子就做对了俩决定，安安静静地做一个小片警，保家卫国，安安静静地娶一个漂亮姑娘，养家糊口。这人生真棒，出锅的西红柿炒鸡蛋，风吹来落在头顶上的云，隔了好多年遇见的你。

那天老王做的西红柿炒鸡蛋，小刘说很甜很甜，姑娘说很甜很甜，但是老王执意说放的是盐，我没吃，我猜，很甜很甜。

我想结婚的时候，你在哪里？

一

你知道做红烧茄子有多辛苦吗？茄子去皮切条裹上淀粉，热油锅里走一圈炸到金黄，捞出来。热油八分热，蒜末葱花肉末黄豆酱爆锅，茄条入锅撒糖翻炒，最后出锅香菜末点缀。

我就认识那么一个姑娘，特爱吃，一盘红烧茄子当作下酒菜，能一直喝到凌晨三点，我陪她喝过几次酒，雄鹰展翅飞，一个翅膀挂两杯，菜没上，就能连干四个。我喜欢这样豪爽的姑娘，大口吃肉，大口喝酒，关键是咋吃咋不胖。

后来有一天，姑娘说，我想回家了，嫁人，然后安静地生活！

我问，怎么突然有这么一个奇怪的念头，受委屈了？

她说，你想听一个秘密吗？答应替我保密。

我说，好啊，好啊，我一定跟大李子佳佳王一他们一起保

103

守这个秘密的。

她笑着说，你去死！

我给她满上酒，老王在厨房里炒茄子，那个时候包子铺正在放一首歌，叫作"洋葱"，店里人不是很多，靠窗户边是一对小情侣，学生模样，吃的双人套餐，女的正夹菜递到男的嘴边。中排有一个男人，点了一份炸鸡排，旁边放着一瓶打开的啤酒易拉罐。还有一个妈妈带着小女儿，她的小米稀饭刚刚被端过来，小女儿应该是刚开始学话，咿咿呀呀地说着只有她妈妈能懂的话。

她那么爱吃红烧茄子，大概是她觉得红烧茄子像极了她的爱情，她像是一个茄子在油里煎熬，她坚强独立，撑得起所有悲伤和疼痛，她大口喝酒，大口吃肉，最后才发现那只是她一个人的盛宴。她是女汉子，怎么了，她不会撒娇卖萌，怎么了，她没有爱情，怎么了，她有一大堆的朋友，疼她。

我知道，有些话说再多已经没有意义，决定的人终究做了决定，一个伤心的地方就是一个疤痕，纱布创可贴再好看，也掩盖不了。疼可能没有了，但是伤痕一直都在，像是刺青，触目惊心。

二

姑娘说，你听说的故事里，我大概是一个坏女人，能喝酒，说话无遮无拦，没羞没臊，是他的前女友。若是他说咱俩合好呗，分分钟就能贱兮兮地跑去跟人家合好，还感激涕零，你我约定一争吵很快要喊停的那种女人，去他妈的！王一第一次见我的时候，就那种怪怪的眼神。

我说，幸亏我先认识你的人，之后听你的故事。

姑娘说，小时候，我们确实一起玩得挺好的，我把他当作大哥哥，他家里人也对我挺照顾，后来我爸妈离婚，那一段时间我住在他们家，他妈妈说，帮我找了很好的一所学校，转校吧！已经把我当作儿媳对待了。我拒绝了，我读书少，可是你别拿电视剧的情节骗我啊！

我笑了笑，童养媳吗？

姑娘说，后来，他出国，我去了一座陌生的城市。后来，他结婚，我谈了一场恋爱。再后来，他说，要不要一起做点事，那个时候我刚好也想做化妆品这一行业，于是就认识你们了。他说他结婚后，一点也不满足，不幸福，要不我们重新开始吧？开始个毛线啊！你说，他不幸福，关我屁事，他找他爸啊！谁让他爸不是八旗子弟，谁让他爸不是福尔康啊！再后来，各种流言就开始了，你说，明明没有的事，他为什么还要去造谣中伤我呢？

我说，得不到的东西，也要亲手毁掉。

姑娘笑得差点喷我一脸红烧茄子，我喜欢这种接地气的姑娘，不矫情不娇气不傲娇，有一说一，文能提画笔变萝莉，武能席地盘腿啃鸡翅。这种姑娘不是不谈恋爱，而是找不到一个可以像她一样敢爱敢恨的人来爱她。现在这个社会是绿茶撒娇卖萌的时代，她们学不来。

姑娘接着说，说说我上一份爱情吧！大概三年的时间，学会了一个词：成长。我一直以为只是喜欢过一个字典里没有婚姻的人，他想一直谈恋爱，后来才知道，他没有字典。整整三年的喜欢啊！你知道当时他追我的时候多虔诚吗？跟十几个朋友，把我名字写在风筝上，放，天天放！漫天就飘着夏夏我爱你，看得我心潮澎湃，我生命中可以带我飞的男人。他说就想这样陪我一直一直恋爱，永远不老去。

后来姑娘带他回家，姑娘她妈就跟人家喝啊，一直喝，酒逢知己千杯少，姑娘她妈就是爱喝酒，别让她停下来。我觉得姑娘她妈拯救了市里濒临倒闭的酒厂，然后又把他们喝垮了，整个酒厂的人生就跟过山车似的。我觉得姑娘的胎教一定是，哥俩好啊五魁首啊六个六啊。再后来，那男的跟一女的好了，那男的说，她太柔弱了，我要保护她，陪她一起成长，等她长大了，我再回来找你，好不好？给我三年的时间。

我说，那些曾经感动你的山盟海誓，最后还不是跟着大拉皮、火腿肠、胡萝卜、黄瓜被切成了丝，然后跟着花生酱、芥末酱，调成了一大盘开胃菜，你吃得一把鼻涕一把泪，所有我们以为的天长地久，最后还不是妥协成认识你就好。

姑娘说，我当时真的是想跟他结婚，可是世事难料啊！你拿真心跟人家换，人家可能还觉得腥呢，应该多放点孜然五香面辣椒面。分手那天，我妈还给人家炖猪蹄子，两人喝得那叫一个大，喝完就对坐沙发两面哭，可劲儿地哭，可是明明最伤心的是我，好不好？

我说，你饿不饿，回忆的挂面，我给你下一碗，红烧茄子当浇头，你就着卤子辣酱大蒜先吃点，再辣也别哭。明天是一盘糖醋排骨，你再好好啃。好在，我们忘性都很大，不用学会悲伤，坚强总会无师自通。

三

之后很长一段时间，我再也没有见过这个姑娘，我忙着店里的事，腾空出来的时候才发现，她已经回老家了。她没有来我店里告别，大概是怕我挽留她，也大概过几天就回来，不用道别。直到我看完她的微信，才知道，她大概是不会回来了。

那天晚上，我在微信上说，之后跟大李子聊化妆品的事，发现你不在，才知道你走了。

姑娘说，知道我不在了，嗨翻了吧你！

我说，伤心了好一大会儿，不过肉太好吃了，就忘了。只是替你觉得可惜，那么好吃，你没吃到，不过，也没事，我们都替你吃了，真羡慕你有我们这么一群贴心的小伙伴。

姑娘说，你给我马不停蹄地滚！滚出我阳光明媚的小青春！

我说，你到底回不回来吃？别思考太久了，冬天就只能吃火锅风干鱼了。

姑娘说，怪我贪吃爱喝，着了你们的道，没你们这么劝人的，你们四个人跟我说的最多的就是新办公室可以做很多很多好吃的。

我说，嗯，大李子煲汤一点也不好喝，就是香，顶风飘三里，一顿喝三碗。佳佳做的提拉米苏也不好吃，就是甜，余甜沾手指，一舔舔三天。王一炒的家常菜也不咋地，就是好吃，顿顿见盘底，汤泡米饭都能吃三碗。

姑娘说，大半夜，你跟我聊这个合适吗？你不怕我分分钟坐车跑回去。

我说，你回来啊！咱俩接着喝，我酒量不行，但是跟你，可以一直喝，喝到凌晨六点，还能顺道吃个早点，油条蘸啤酒。我只是想告诉你，你的龙虾螃蟹烤肉都准备好了，你该回来吃了，凉了就不好吃了。

姑娘说，你知道吗？我走的那天，我们抱着哭了很久很久。

我说，青岛新开了一家麻辣小龙虾，个大肉肥，辣味十足，你要不要去尝尝？大李子推荐的那一家烤肉店，肉片大，味道正，配上砂锅啤酒，很赞。你们公司搬新家了，厨房好大，涮火锅很带劲，要是再买一个烤箱就更赞了。反正你知道，我们都等着你。

姑娘说，你们这群无耻的人，总是用好吃的勾引我，难道我这一辈子好吃就永世不得翻身了吗？

我说，你知道不？你走了，那感觉就像没有辣椒的水煮鱼，不加烤肠培根的煎饼果子，没有甜辣酱的炸鸡排，还能凑合吃，但是味道不咋地。你回来了，那感觉就像刚出锅的热面正在浇肉酱盖头，滚烫的锅底刚夹起一片小鲜肉放到花生蘸酱里，刚刚蘸了番茄酱的热乎薯条离嘴边就差三厘米。总之，你要记得，没事别瞎跑，我们怪担心的。

姑娘说，我就想嫁一个本本分分的人，安安静静地过日子，我不要大房子大车子，楼下有烧烤摊，能买到现烤的鸡翅就行，超市有想喝就能买到的啤酒就行。

后来我说，你喜欢的那个人终有一天会来找你，走得有点慢，你别急。你看，煎饼果子，摊完鸡蛋抹完辣酱，撒点芝麻，加根油条烤肠，还要等五分钟呢。肉夹馍，从火烧烤得酥香，到烧肉辣椒葱花剁碎，还要等十分钟呢。炸酱面、羊肉泡馍、生煎包，等！就算泡一包方便面，还要等三分钟呢。吃一顿饭都等那么费劲，何况等一个爱你的人。

四

姑娘终于谈恋爱了，她自己挑的人，她发来照片给我看，问我，怎么样？

我说，你觉得呢？

姑娘说，酒量不行。

我说，那你嫁给啤酒厂老板的儿子，好了，既省下了酒钱，又有人陪你喝得昏天暗地。

姑娘说，万一聊不来，怎么办？

我说，你不是找能喝的吗？

姑娘说，喝是一个择偶标准，关键是能喝能聊才行啊，不能聊，光知道喝，有什么劲儿。你讲一个梗，笑得哈哈成狗，他面无表情，你说，尴尬吧？

我说，你可以慢慢培养他喝酒啊！

姑娘问，你说我要不要，戒烟戒酒，做一个好姑娘。

我问，喜欢一个人不是把自己变成他喜欢的样子，你委屈了自己不说，到最后对方不一定领情呢，爱里面，相对两个独立的灵魂，会更有意思，你跟闺蜜喝酒撸串，他跟哥们香槟西餐，隔天一起吃你们都喜欢的水煮肉片。

姑娘说，可是……

我说，没有可是，那些为了对方的喜欢，非要委屈自己改变，一点都不伟大，那是病态的爱，你懂吗？你别拿你的牺牲，去绑架人家，人家不欠你什么，就算改变，那也是你自己愿意的。

姑娘说，爱，不是应该相互磨合相互妥协吗？

我说，你所谓的磨合和妥协，是交易，比如今天我陪你打游戏，你明天陪我逛街，我给你买了复古钱包，你应该给我买棉麻裙子，长久以后，你会觉得，你看，我为你付出那么多，你为什么就不能对我好点。凡事，多问凭什么，就因为爱，他就该无偿地满足你的一切，凭什么，别逗了，这是赤裸裸地拿付出玩绑架。

那一天，我们聊到凌晨三点，隔空碰杯喝酒，聊梦想聊人生聊感情，我知道，聊的人以后会见面的次数越来越少，越来越少。说好的烤肉砂锅大螃蟹，说好的小龙虾鸡翅啤酒，说好的煲汤提拉米苏家常菜，她可能再也不会回来吃了，她前男友还说好的要爱她一辈子呢，说好的，有什么用，反悔的事还不是上嘴皮子下嘴皮子一碰的事儿。

后来，姑娘跟她男朋友来青岛玩，我招待他们，我问他们想吃什么，姑娘笑着说，老三样。她男朋友跟着笑了笑，说，嗯，听她的。

我忘记以前谁告诉我一件事，嘴上把门再严，不敢轻易吐露的喜欢，都会化成眼里的两道光，那两道光会炙热到融化很多东西，那天我看见姑娘男朋友眼里有那么两道光，眼神里藏一个人，喜不喜欢，外人都能看得到。他所有的眼神，都会随着姑娘的一举一动而变化。

姑娘说的老三样，是以前我们常吃的，啤酒烧烤小龙虾，她男朋友以前挺讨厌露天烧烤摊的，不知道是不是因为喜欢而改变，还是他在露天烧烤摊上发现了大宝贝。

姑娘确实尝试过改变，她戒烟戒酒，憋得很辛苦，无数次想要犯戒，她都警告自己，再这样下去，这恋爱迟早会谈崩的，我要做一个贤淑的女子，哪怕，有那么一点点贤淑也好。其实，戒掉一种习惯，很难，她大大咧咧习惯了。

姑娘说，加一盘红烧茄子。

姑娘说，你知道吗？我现在做饭，可好吃了。

她男朋友笑着说，嗯，可好吃了，她做了一个月饭，狗胖了五斤，我瘦了五斤。

姑娘说，你滚，有这么拆台的吗？还让不让我嫁给你了，还让不让我洗手做羹汤了。你实话说，好不好吃？

她男朋友说，能忍。

我说，你开始下厨了？

姑娘说，我上得厅堂，下得厨房，好吗？

很难得的一件事，她居然开始做了，大概像她说的那样，她要找一个踏实的人，结婚，安静地过日子。她收起她所有的骄傲，在厨房里，翻着菜谱，一个一个地学，啊，盐放多了，啊，醋放多了，可是，每一次，他都说，好好吃。她就笑着说，好吃，你就多吃点。她，真的，有一点一点，变好。

我问她男朋友，第一次见她，心动吗？

她男朋友说，没有，心里很平静。

姑娘突然摇着她男朋友说，我那么美，你居然没心动？

她男朋友说，现在，心动了。

姑娘说，为什么？

她男朋友笑着说，你摇晃的啊，想不心动，都难啊！原来，爱最美的时候，是有一个人陪你疯，陪你闹，还有就是第一次遇见你的时候，我没有心动，没有心跳漏一拍，而是看你一眼，心突然平静下来，我想跟你聊聊往后的每一天我们该怎么过才不算浪费。

姑娘说，我们结婚的时候，你一定要来。

五

有回半夜姑娘被饿醒了，翻遍了家里的冰箱，没有啥好吃的，她特想去楼下撸几串喝几口，她给她男朋友打电话，问，睡了吗？

她男朋友说，没。

她说，你饿不饿？

她男朋友笑着说，我明白。

没过多久，她男朋友敲门，姑娘推开门，就看见她男朋友扛着一箱啤酒，手里拎着打包的烧烤。

她说，我戒了。

她男朋友笑着说，你确定？那我退回去。说完，转身要走。

她说，你看，来都来了，扛回去多沉，长夜漫漫呢，总能想到其他办法的。

酒满上，串入口，对，能量满格的样子，这就是姑娘最开心的样子，她就喜欢这样放松。

她男朋友说，别委屈自己了。

她说，我只是怕你不开心，怕你同事误解你。

她男朋友说，你管他们干吗啊，是我跟你过日子啊，你开心，我就开心，你不开心，我的天都塌了，好吗？

她笑着说，酒满上。

她男朋友问，干什么？

她笑着说，姐敬你是一条汉子。

她男朋友说，是我，敬你是一条汉子。

她突然生气了，说，你看，你还是嫌弃我不够女人。

她男朋友说，我哪敢嫌弃。

她说，你是不是嫌弃我凶？

她男朋友说，我对胸没怎么研究，都无所谓吧，ABCDE 罩杯都行。

她说，你滚，流氓！

她男朋友突然一手攥紧成拳头，一手四指并拢成掌，一副拉开架势要打架的样子。

她拿手指戳了一下她男朋友的头，你这是要打架？能耐了。给你个梯子，你是不是就要上房揭瓦。

她男朋友说，你是不是傻，看不明白吗？

她说，明白啥？

她男朋友说，我是要告诉你，你就是我的拳布，全部啊，懂吗？以后委屈自己的事儿少做，我是男人，还是我做吧，大丈夫能屈能伸。

她说，靠，我以为你要给我耍一套五行拳呢。

半年后，我收到她的结婚请柬。我买了最好的螃蟹烤肉，跟大李子去看她，老王很用心很用心地做了一份红烧茄子，飞机两个小时，就在刚刚，就在刚刚，机场的广播说，由于大雾天气，飞机延迟起飞，起飞时间待定。

那一年过得挺快，大概就是我多卖了几笼包子的时间，大概就是大李子的化妆品新上市了几周的样子，我们的联系越来越少，终于各自的生活陌生了所有相识，大概陌生不需要多久，相隔一座城，就够了。大概，我们都还怀念老大连路上一起拼酒的样子，大概，相见不如怀念。

有些事，一旦错过就是一辈子，有些人，一旦说了再见，就是永远，有些好吃的，一旦凉了，味道就变了。

我低头看手机上的时间，十二点零五分，嗯，大概，她已经过门了，成了别人的媳妇，但愿她还是那个活得没心没肺，大口喝酒大口吃肉，没有烦恼的姑娘。

友情一旦认真起来，比爱情萌多了

一

店里的常客，有三个女孩，经常一起来，每一次我都会送她们三瓶饮料，一来二去，也比较熟，她们经常点地三鲜和素包。熟归熟，但是我不知道她们每一个人的名字，我习惯这样称呼她们：土豆姑娘、茄子姑娘、辣椒姑娘。

土豆姑娘真的像是一大颗土豆，呆呆的，萌萌的，她一直暗恋着她们班的一个大高个男生，她最喜欢他打篮球三分线外远投的起跳，阳光素描他的轮廓，她感觉那一刻他帅极了，装上俩翅膀就是天使了。

茄子姑娘如果她愿意吃甜品，周一到周末不重样，巧克力布丁蛋糕提拉米苏，总有一波人会打得头破血流单膝跪下双手奉上。她是那种中分女王范，天生傲娇。

辣椒姑娘在恋爱里属于一根筋的姑娘，认准了，就追，舍命地追，管人家同不同意，就是喜欢，她觉得喜欢终究一天可以上升到爱，男主保不准某一天，一觉醒来，突然感动得要死要活，跑女生楼下，弹着心爱的土琵琶，唱着那动人的歌。

就是这么三个奇葩的姑娘，居然成了最好的闺蜜，我觉得最大的原因是她们都喜欢吃我店里的红烧肉包子，一口咬下去，那汤汁，太带感觉了，后来才知道，她们住在同一个寝室。

她们周三下午没有课，我会送她们三杯鲜榨果汁，她们会在我的店里八卦一整个下午，若是赶巧我不忙，会跟她们一起聊聊她们的学生时代。她们大可以去咖啡馆，点一杯焦糖玛琪朵，但是她们依然愿意来我的店里，一定是老王炒的地三鲜特好吃，茄子土豆松软不油腻，一口咬下去，那黏连的勾芡带着小蒜蓉，还有点小清新的感觉呢，后来才知道，她们喜欢喝我榨的果汁，主要是免费。

她们常喝免费的果汁，也会过意不去的，于是作为礼尚往来，她们也常常买一些柒小汪爱吃的零食，所以，周三，也是柒小汪的开放日，她会有一大批爱吃的零食。

二

后来有一天，辣椒姑娘自己一个人来的包子铺，来了以后，就一个劲地躲在墙角哭，我没敢问出了什么事。

她说要喝酒。

我说，店里的酒不对伤心的姑娘出售，太烈！

她问，喝点啤酒，还不行吗？

我说，不供应。

她有点急了，说，我都失恋了，你就不能让我借酒消愁。我就是喜欢，就是喜欢，喜欢也有错吗？他不开心了，我随叫随到，比外卖还准时。我跟他表白，说了那么一大通，我都感动得哭了，他说哦，还有吗？我从大学开学开始喜欢他，喜欢到大学毕业，三年半，跟他表白过五次，我就是越挫越勇脸皮厚，就跟他的小尾巴似的，最后才知道，他是属壁虎的，我是他的挡箭牌，他爱的一直是我最好的闺蜜，全世界都知道我喜欢他，他转身给我一个背影，还问我，他追茄子姑娘有多少胜算？

我说，爱一个人会变傻，会努力喜欢上对方的一切，就算明知道不能吃辣，但是还是想陪着对方尝尝麻辣水煮鱼、麻辣鸭头、麻辣鸡爪鸡翅尖、麻辣小龙虾、麻辣毛肚、麻辣口水鸭、麻辣鱿鱼丝，就算大伸舌头眼泪哗啦啦，能咋的！端起手边的冰镇啤酒，猛干三口，大喊：老板再加一份毛血旺。

可是姑娘，这个世界上没人想要伤害你，你遇见人渣，是你自己的事儿，你若盛开，蜜蜂自来。要不是你的纵容你的忍让你的偏执，你早就脱身了。偏偏你就是喜欢，偏偏你不听劝，你觉得他会因为你的所做而感动而改变，好啊！受伤了，你躲起来。别哭哭啼啼逢人就讲博同情，没劲，没人关心你，除了你自己。

她说，我饿了，我要吃十个鸡翅一笼肉包子，我要喝杞果柳橙汁，我要吃毛血旺，放很多很多的辣椒，我要吃水煮鱼辣子鸡，我要吃鸡蛋布丁水果沙拉，我要把我这些年为了爱情减肥失去的好吃的，都找回来。

我说，你点的有点多，太贪心了。

她说，我就是要吃，我就是吃才没有时间想那些悲伤的事儿啊。

我说，其实，从你第二次表白开始，就是跟自己较劲了。感情这东西，跟考试不一样，你以为你复习一遍考六十分，努力再复习一遍就是七十分，再努力努力就可以争取八十五分优秀。感情的本质是一种感觉，一种气场，一种状态，不对，就是不对，是没办法强求的。

她说，为什么他不喜欢我？

我问，你不喜欢吃什么？

她说，胡萝卜鸡蛋饼。

我问，为什么不喜欢？

她说，就是感觉胡萝卜的味道怪怪的。

我说，所以，你说，他为什么不喜欢你？

三

三个女孩再也没有同时出现在我的店里，一个失恋了，一个考研，一个找工作，我再次遇见的是土豆姑娘，那一天，土豆姑娘只点了一杯鲜榨西瓜汁，不是来吃饭的，她看到我在忙，就跟柒小汪一直在玩。

柒小汪是我养的一只金毛狗，她爱上了隔壁老王家一只叫作王小喵的大白猫，这家包子铺就是我送给柒小汪的嫁妆，这家店叫作"柒小汪包子铺"。

后来，店里的客人少了，我蹲在门口的梧桐树下抽烟，土豆姑娘走过来，蹲下，拍拍我的肩膀，说，大叔，我能跟你聊聊天吗？

我说，好。

土豆姑娘说，我喜欢的那个男生，他准备考研了，我现在不知道要去工作还是一起陪着他考研。

我问，是那个天使？

土豆姑娘说，嗯。

我问，你表白了吗？

土豆姑娘说，没有，我不知道我喜欢的是他，还是我喜欢他的那种萌萌的感觉。

我说，你去过很多城市，吃过很多正当出锅的蚵仔煎、咸鱼饼、泡椒墨鱼仔，有些味道，已然忘记，不是味觉突然失忆，而是那个陪你一起吃的人走远了。后来某天，你路过一家新开张的小吃店，老板叫你尝尝，你大概只会记得当时很咸很辣。其实你留恋的只是你遇见他的那天，阳光穿过他白衬衣的味道。

土豆姑娘说：可能吧。

我说，放弃吧，拖越久你伤得越深，你还年轻，以后的路还很长，遇见一个对的人不难。现在这一场打着暗恋幌子的感情，只是你不甘心而已，你开始纠结要不要表白，这就是答案。

我从口袋里掏出一枚硬币，递给她，说，你把爱情交给硬币的正反面，在心里默想一个答案，向空中用力抛一下，当你想有扔第二次的冲动，那么答案就很明显了。

土豆姑娘站起来，双手合十闭上眼，然后用力向上一抛，扔得太高，一下子没有接住，硬币碰在她的手上，安静地落在地上，插在了青石板的石缝间。

我说，你这不按套路出牌啊！

土豆姑娘说，当我站起来的时候，我就已经有答案了，你想要一个结果，但是最后的结果真的不重要了，路开始走错了，停下来，就是前进。谢谢你，大叔。

那一天，土豆姑娘冲着阳光向西跑去，夕阳素描她的轮廓，她的裙摆在阳光里很好看，我突然看见她长出来了两只翅膀。

后来我想，你清楚地记住那么一个人，来过你的世界，你没有留下他，遗憾吗？当时一定惋惜，你有千万种留下他的理由，你看，桃花开了，不如摘了桃花换酒钱，推杯换盏。你看，雪花落了，不如架起小火炉涮了火锅，热气腾腾。你把情话让给四季，却唯独不敢说，我喜欢你，留下吧。

时光很短，温柔很长，往后忆起，未必遗憾，庆幸终究没有在一起，把美好过成琐碎的日子，日日烦躁，日日吵闹。有些人就是用来温柔岁月的，比如，我曾暗恋过的你。

四

辣椒姑娘和土豆姑娘都去表白了，真羡慕这种为爱奋不顾身的姑娘，为什么她们明知山有虎，偏向虎山行，嗯，主要是在我的店里喝了三碗不过冈。

辣椒姑娘很痛快地问那个男生，我最后一次问你，你愿不愿意做我男朋友？

那男生说，你真的是一个好姑娘，可是……

辣椒姑娘收到的这是第六张好人卡，她听这句话的时候，已经不是那么心痛了，甚至有一种释放的感觉，像是攥了一大把气球的线，以前，每一个气球都是我喜欢你，可以带你飞翔，现在手慢慢松开，气球一个一个飘向天空，她手里慢慢地空了，她突然觉得没了气球以后，她可以腾出手去拥抱了。

辣椒姑娘问，你真的不喜欢我吗？

那男生说，真的，你是一个好姑娘，我不想伤害你的感情。

辣椒姑娘心里想，第七张好人卡。终于凑齐了七张，可以召唤那个更强大的自己了。她笑着对那个男生说，谢谢你。

哪有什么仁者无敌，不过是能扛，以前是死扛，以为有转机，爱嘛，努力，加油，一定会有好的结果。现在，辣椒姑娘彻底明白了，一定要放过自己。

土豆姑娘常去考研自习室，坐在那男生附近，找下手的好时节，爱情这玩意儿，也挺邪乎，不怕贼偷就是怕贼惦记啊，连续踩点，摸清了男生的时间习性。偷偷在那男生占座的地方放了早餐，茶蛋和豆浆。那男生来回问了好多次，没人搭理，那男生就给吃了，吃得正爽，土豆姑娘上前说，同学，貌似这个是我的。

男生很尴尬，还不是，不还也不是。俗话说，吃人家嘴软，拿人家手短，这可咋整。

土豆姑娘就很委屈的样子看着他，他就很委屈的样子看着土豆姑娘。土豆姑娘绷不住了，就笑了，男生就尴尬地赔笑。

然后土豆姑娘很严肃地，一本正经地说，我喜欢你很久了。

男生说，哦。

土豆姑娘问，你缺不缺一个买早餐的女朋友，还会唱歌。

男生说，我有。

土豆姑娘说，怎么可能啊，我喜欢你很久很久很久了，我从来没有看见你跟其他女生在一起过啊！

男生说，异地。我们现在都准备考研，然后考同一所学校。

土豆姑娘很失望，是心里的好奇突然被戳穿的那种失望，她暗恋了那么久，曾经是一份美好，现在她亲手打破了，碎了一地，她怪自己为什么好奇心那么重，喜欢一个人，藏在心底多好，年老的时候，拿出来晒晒，闻着时光的味道，多棒啊！为什么，手贱，去戳开呢。是不是傻，是不是傻？

男生说，对不起。

土豆姑娘说，你不用安慰我了，我自己想办法吧。

然后土豆姑娘一直忍着，心里安慰自己不哭，转身，立马消失，就当一切都没有发生，她慢慢地走向教室的后门，刚拉开门——

男生说，等一等。

土豆姑娘听到这一声呼唤，这简直就是布谷鸟对春天的呼唤，该亮的不亮的日子都跟着明媚起来了，她转过头，压抑住自己内心又被撬动的欣喜问，你是不是打算考虑一下，换一个女朋友了？

男生说，不是，谢谢你的早餐，很好吃。

辣椒姑娘和土豆姑娘一起来的店里，上一次辣椒姑娘哭，土豆姑娘笑，这一次刚好反着。

土豆姑娘哭着问，他为什么不喜欢我啊，我可是喜欢了他整整好几个夏天啊。

辣椒姑娘说，不喜欢就是不喜欢，哪有那么多的理由。

土豆姑娘问，他都拒绝了你，你为什么那么开心啊？

辣椒姑娘笑着说，他失去了一个爱他的人，我失去了啥？

土豆姑娘说，你失去了喜欢他的那段时光，你本可以做更美好的事儿。

辣椒姑娘说，美好的事儿，就是，那段时光，要浪费在一个不可能的人身上，让自己变得更强大。你拿时光练手，时光还你一身武功，刀枪不入，失恋，学的就是铁布衫、金钟罩，从此，再无人能伤你，除非自残。

土豆姑娘说，不明白。

辣椒姑娘解释说，别自讨苦吃。

土豆姑娘问，要不要喝酒庆祝一下？

我刚好路过，就问了一句，这是有开心的事儿吗？

土豆姑娘说，失恋了。

我说，那可值得，好好地喝一杯。

辣椒小姐突然问，大叔，你不是说，店里的酒不对伤心的姑娘出售，太烈！

我说，对啊，失恋对于土豆姑娘来说，是一件开心的事儿啊。喜欢过一个温暖的人，多么值得庆幸，多么值得举杯。

我们常常听说，失恋是痛苦的，失去了大把喜欢的时光，其实，是我们获得了爱的能量，我们学会了一种爱人的方式，它会让我们重新思考，下一个爱上的人会是什么样子，我们有了学会挑选下一个人的标准。

爱情是盲目的，你说，一见钟情，你说，互生喜欢，其实都不如一场失恋来得痛快，你真真切切地拥有过，你也真真切切地失去过，到最后，你摊开手，什么都没有，可是，只要你别失落，别低头，你摊开手，这世界，你都可以拥抱，反而那些攥住悲伤不撒手的人，才真的失去了曾经以为抓住的世界。

五

辣椒姑娘喜欢的男生跟茄子姑娘表白了，那个男生弹着吉他唱着歌，还弄了一大束花，好浪漫的样子，是个女生都会心动的，最主要的是，他用蜡烛摆的造型特漂亮，男生站在蜡烛中间，唱完歌曲，然后大声喊：茄子姑娘，我爱你。

接着学校的保安提着灭火器就围攻过来了，保安大叔说，天干物燥，小心火烛。扑哧扑哧几下子，全部灭掉。感情这事儿，有时候，就像玩火，小时候容易尿炕，大了容易泪湿衣裳。

那男生不死心，一直站在女生宿舍门口等着茄子姑娘出来。

茄子姑娘一出来，那男生说，你喜不喜欢我，给个痛快话！

茄子姑娘说，不喜欢。

那男生说，这么痛快吗？

茄子姑娘说，我谢谢你做的一切，但是我真的也只能谢谢。

那男生说，你不觉得很感动吗？我攒了一个星期的钱买的玫瑰花，点的爱心蜡烛，你看，我为了学吉他唱这首歌，手指头都磨破了，我真的很喜欢你，我愿意为你做一切。

茄子姑娘说，你是一个很好的男生。可是，我现在不想谈恋爱，我有比谈恋爱更重要的事儿要做，我要努力工作，努力挣钱。

这是男生收到的第一张好人卡。

不光是自然界有食物链，老虎吃兔子，兔子吃草。爱情里，也是一物降一物，你发出去的好人卡，也会绕很多圈回到自己手里，这就是守恒。我们无法接受不喜欢的人炙热的爱，就像别人无法接受我们炙热的爱一样，能有的爱，是一件多么值得骄傲的事儿，趁没被拒绝以前。

拒绝了，一点也不可怕，我们往后经历的人生，依然很酷，所以，这事儿，值得举杯来一个，我希望你在我对面，陪我一起，举杯，走一个。我会遇见共度一生的人，你也是，这就是青春，你觉得充满遗憾，哈哈哈，怎么可能，该做的事儿，我们一件也没有少做过。

茄子姑娘再来店里的时候，我说，好久不见。那一天晚上，她穿了一身正装，据说找了一份还不错的工作，她依然点她爱吃的素包和小炒。她问我，辣椒姑娘和土豆姑娘，最近来过吗？

我说，嗯。你们三个人还没有和好呢？

她略带伤感说，三年多的感情抵不过三场爱情的冲击，最好的姐妹，是那种别人废了我姐妹翅膀，我能灭了别人整个天堂的感情。感情的事，不好说，哪有那么多的好聚好散，有的人撒腿跑得比兔子还快，根本不听你的解释，你还在原地傻待着。我发誓，我从来没有喜欢过辣椒姑娘喜欢的男生。

灯突然灭了，店里的客人一起唱起了"生日快乐"，辣椒姑娘和土豆姑娘捧着蛋糕慢慢地走过来，我跟茄子姑娘说，祝你生日快乐。

我忽然想起以前一件事儿，她们三个姑娘坐在我的店里聊感情的事儿，忘记是谁说，万一有一天嫁不出去，怎么办？其中一个姑娘说，你可劲儿作，可劲儿闹，大不了，我陪你。另一个也应和：我陪你。那种感觉真棒，你迎面这个残酷的世界，你背后是温柔的臂膀，往前冲，累了怕了，回头，闺蜜一直都在，所以你底气十足。

那天，老王炒的少油版地三鲜，土豆提前炒至金黄色，翻炒茄子葱姜蒜爆锅，加酱油少许水炒至菜入味，汤汁快炖干前青椒入锅，最后淀粉勾芡，急火翻炒收锅。那天，茄子姑娘哭着说，辣椒好辣，都把我辣哭了。

当时，我们没有一个人觉得辣，后来才知道，那一种辣味，叫作闺蜜，伤过，分过，但最终在一起。

因为最后是你，中间吵吵闹闹没关系

一

我印象里的老高，不善言谈，一个平头小伙子，他买婚房的时候，我通过我女朋友认识他，那个时候，我女朋友也忙着看样板房，我只管包子铺的生意，大概是在同一个开发商的样板间里，我女朋友认识了老高和她的准媳妇。

整个购房过程，我只参与了交钱，其他一概不管。选房抽号那一天，我第一次见老高，选完房跟老高他们一起吃饭，老高喝了一点酒，突然显得比较善谈。酒果然是一个好东西，退去一身害怕，酒逢"只鸡"千杯少，武侠小说里是美酒配烧鸡，人逢喜事下酒菜。

老高说，装修要搞欧式复古的，水晶大吊灯，花纹实木地板。

我不懂装修，只能跟着笑笑。我记得那一天，老高两口子吃了两大盘肉末粉条，粉条哧溜哧溜，肉末啪叽啪叽，感觉好香的样子。聊得很开心，我们答应他一定去参加他的婚礼。临走的时候，天下雨了，他们牵着手消失在雨里，我看着他们的背影跟我女朋友说，你看，多朴实的两口子。

一对情侣从恋爱一起走到结婚选房，多幸福的事儿，那攒钱的小日子堆积起来，应该是一个大大的"福"字，日子苦点，可是有情有爱。这世上有两个地方幸福爆棚，一个是买房的售楼处，一个是结婚的民政局。无数开心的小情侣，都会在这两个地方，安居乐业。

二

后来我没有见过老高，我还是卖着包子，在马家屯第二胡同口，尽管那个时候生意很好，每天依然还是一百笼包子，不玩互联网思维饥饿营销，你饿着人家，人家转头就去买手抓饼了，而是每天我只能做一百笼，我还要有自己的生活，喝酒遛狗。

那天晚上，我让老王照顾店，我跟柒小汪去吃炸串，刚推开包子铺店门，迎面看到老高，他有些憔悴。他问，有烟吗？

我递给他一支烟，迎他进门。我问，你装修得咋样了？准备什么时候办酒席啊？

老高坐下来，猛吸了一口烟，眼圈红红的。我想一定是出大事了，我大概有小半年没见过老高了，也很少听到我女朋友说起老高两口子的消息。大家都忙，电话里说的最多的谎话是改天一起吃饭。

老高说，喝点？

我说，那就整点白的，我让老王给整俩菜。

老高说，弄个肉末粉条，多放肉末。

我笑着说，我给你整一碗肉末不就完了。

老高憨憨地笑，光肉太腻了。

我开了一瓶小烧刀，很久不喝烈酒了，酒味有点冲鼻。期间有一个女孩点了一份糖醋排骨一份鸡蛋小炒打包带走。我认识她，在附近上班，很努力的一个女生。我问她，又加班呢？她笑笑说，嗯。

菜还没上，老高就着花生米已经喝完一小杯，等我再坐下，他说，我们分手了。

我说，别闹，我红包都准备好了。

老高说，没骗你，上个月的事。

我说，红包我都准备好了，你跟我说这个？

老高说，好姑娘走了，房子刚卖了，我辞职了，祸不单行的感觉好赞呢，你要不是跌倒，你永远不知道躺下来多舒服。

我说，为啥好好的，说分就分了，你们好歹有六年的感情基础啊！

老高说，现实面前，人人平等。工资三千五百，月供三千，喝西北风啊！后来我媳妇，额，是前媳妇，她不工作了，而我一个人又撑不起一个家，那个时候我妈也常常唠叨她，时间久了，矛盾就多了，就开始吵架。我们认识六年，从来没有红过脸，除了喝二锅头，买房准备结婚后，大概把我们六年来的架一次性吵齐了，你看，世间还是守恒的，你失去的穿越时空都会还给你，加倍偿还。

我说，要谈恋爱就要拿出吃臭豆腐的勇气，你管他人皱眉头干什么，自个一块一块吃得舒坦最重要。千万不要拿出喝咖啡的情调，缕缕香气爽了路人，苦却自个一口一口咽下去。感情归根结底是自己的一出戏，你又不图收视率，观众不爽，他可以换台啊！

老高差点哭了，说，可是她是我妈啊，她就一个台啊！

老高接着说，一个姑娘跟了你六年，把她最好的青春六年给你，你最后却没有娶她，你说我是不是特浑蛋。自己没本事，就让姑娘跟着受苦受累，你知道，我为什么特喜欢吃肉末粉丝吗？毕业，姑娘跟着我住地下室，那个时候一个月工资一千五百，不敢应酬，不敢听说同事结婚，不敢跟家里说过得不好，没吃过大块肉，我媳妇，额，前媳妇就给做肉末粉条，你肯定不知道，肉末粉条多好吃，那软软的粉条子沾着肉香，哧溜哧溜地吃。

我问，谁先提出的分手？

老高说，她。也应该是我让她太失望了。我没有挽留，但愿她以后嫁一个好男人，能给她她想要的幸福。至少可以一顿吃两盘肉末粉条，一盘吃掉，一盘倒掉。不能再耽误人家了。老高说完，满满的一杯小烧刀一口闷了，然后是长久的沉默，抽着烟，一根接一根。

我问，还爱她吗？

老高说，不爱，才傻×呢。我把房子卖了，打算自己做点什么。希望以后再也不要辜负任何一个心疼过自己的人。若那时候，她还未嫁我还未娶，我一定飞奔去找她，跪下求她嫁给我。若她已经嫁人了，嗯，那就嫁人了吧！

我问，你觉得失败和遗憾，哪一个更让人痛不欲生？

老高说，遗憾吧，你跟一个人六年，说好一起去远方，可能就差几公里把对方弄丢了，还不哭成狗啊！可能终归到不了远方，至少这一路上，你想要的那个人一直都陪着你，那就够了。

我说，嗯，谈恋爱呢，最重要的是开心，你爱她，她爱你，相亲相爱，相扶到老，自然最好。你爱她，她不爱你，也别灰心，路很长，她陪你走一段，也是缘分。大多人的爱情就是一碗面，炸酱面、打卤面、牛肉拉面、重庆小面、刀削面，只不过我们遇见的浇头不一样而已，但是都抵饿。噢，你现在饿不饿，我下碗面给你吃。

老高说，嗯，我要吃大肉片子的浇头。

我笑着说，嗯，多放肉，少放面，你看，我给你整一碗肉片子，行不？

三

后来，我跟我女朋友说，你一定要好好跟老高媳妇说说，撮合他们在一起。

我女朋友问，为什么啊？人家两口子的爱情，合不合适，他们门儿清，我们瞎掺和啥？

　　我说，我们可以省一份红包钱啊！

　　我女朋友眼睛一眨一眨地说，你说得好有道理哦！

　　老高后来去了一趟广州，搞了一批女包，然后跑来找我学营销经验，我跟他说了很多，他记得很仔细，小本子上写得满满的。然后他搞了一个二手面包车，每天奔波在各大写字楼，据说销量还不错，从老高送我的好酒就看出来了。

　　老高时常来找我讨教顺道喝酒，比以前善谈了很多，一个人心里一旦藏了梦想，爆发起来很可怕的，何况那个梦想披了一件爱情的外套。

　　我问老高，最近有联系吗？

　　老高说，那天碰见了，她有了一份新工作，有一群很可爱的同事，我在她们写字楼摆了三天摊，但是没说一句话，只是相互笑了笑。她还背着我送她的包，有点破了，我想送给她一个新的，但是没好意思张口。

　　我说，你在人家楼下摆了三天摊，还是你想见她。

　　老高掩饰说，不是你告诉我，口碑需要扩散时间吗？第一天告知，第二天散播，第三天收网，这样，才能增加销售额吗？打一枪换一个地方，只能做陌生成交，会很累。

　　我说，谁想谁心里清楚。

　　老高又问，你说我再去她们楼下摆，还有意义吗？

　　我说，三天时间已经够了，该买的都买了，不愿意买的，你说破天人家也不会买。

老高又去摆了一天，一共卖了两个包，按照他以往的成绩，这叫惨淡，他来我包子铺的时候，却很开心的样子。

我问，你打破了写字楼摆摊三天定律？

老高说，她跟我说话了。

我说，我靠，你贱不贱，人家在的时候，天天跟你聊天，你不知道珍惜，人家走了，你贱兮兮地去找人家，人家说一句话你能高兴成这样。

老高说，你知道塞翁那个老头吗？他丢了一匹马，很伤心，后来马回来了，带回来了好几匹，他开心得要死。有些坏事吧，你换一个角度去看，说不定就是好事，就像我重新认识我媳妇。

我很疑惑地说，你，的，意思是，她，怀了？

老高说，我去，你脑洞也太大了吧，挖掘机挖的吧！

四

老高约了他前媳妇来我店里吃包子，第一道菜就是肉末粉条，老王做得很精致，肉剁碎成末，葱姜蒜剁碎，粉条提前在热水锅里煮熟，沥干水放在盘子里，热油锅里炒肉末，肉末泛白加入葱姜蒜，红油豆瓣，适量生抽、盐和一点老抽，翻炒均匀微微煸一下。然后加入粉条，继续翻炒，出锅。记住，最后如果撒点葱花碎盖头，这色香味算是齐活了。

那是他们分手后第一次一起吃饭，竟然用心了很多，是不是，爱了很久，就会变得记性不大好，非要用分手一次来提醒，我们该去珍惜什么呢？为什么恋爱里没有像是闹钟这样的发明，它会定时提醒我们，前方爱不够了，请抓紧加油。

一开始他们就低着头吃饭，老高不停地给姑娘夹菜，姑娘只是抬头看看他，也不说话，不知道以前老高也这么关心过姑娘吗？老高一直夹菜，一直夹菜，姑娘突然笑了，吃不了了。

姑娘面前的小盘已经堆积成小山了，老高说，这菜，好吃，你多吃点。

姑娘说，够了。

老高说，你瘦了。

姑娘说，最近工作忙，老顾不上吃饭。

老高说，那么拼，干吗？

姑娘说，以前吃过生活的一次亏，这次学乖了，只有自己的努力，不会辜负自己的期望，哪怕最后不能实现，只要曾经有那么一刻靠得很近，就觉得心里很自在。

老高说，对不起。

姑娘说，说给谁听？

老高说，咱俩以前的时光。

姑娘说，你别内疚，都会过去的，也该过去的，生活就是这个样子的，你以什么态度对它，它就以什么态度对你，你吊儿郎当，它也吊儿郎当，你积极向上，它也奋发向前。

老高说，那天我在你们公司楼下卖包，看见你对我笑了。

姑娘说，怎么了？

老高说，很感动，以前以为你对我失望至极，分手以后，大概是老死不相往来，可是，你对我一笑，我就知道，这事儿，没那么坏。我们给了彼此一段冷静的时间，这一段时间，我想了很多，我为什么要娶你？

姑娘说，为什么？

老高说，我跟你过过苦日子，现在我想尝尝跟你过甜日子的感觉，尽管没那么甜到腻牙，但是它至少比以前好很多，爱，是一个需要学习的东西，我想跟你一起学习。老话说，活到老，学到老。

姑娘说，你只是想弥补自己的内疚。

老高说，不只是内疚，而是，在我未来里，你不能缺席。

姑娘说，再说吧，我要回去上班了。

老高把姑娘送到公交车站站点，我透过包子铺的玻璃窗看他们，想想，挺感慨，喜欢究竟是一种什么状态，它能持续多久？

老高送姑娘坐上车，回到包子铺，我问他，后悔了？

老高突然笑着说，一点不后悔。

我问，为什么？

老高说，趁着年轻，就该这么经历一回，你失去的，亲手拿回来，那不是成就，而是成熟，成熟对一个男人来说，太重要了。你说千百遍养家糊口，没用，你在现实面前低下头，忘记尊严，去挣钱，辛苦，但是，一想到，那个人冲你微笑，就一个字：值；俩字：倍爽。

我说，就俩字：倍贱。

老高说，你啥意思？

我说，两个人好好的，在一起的时候，不珍惜，非整分手这种幺蛾子，人啊，千万别觉得自己很幸运，以为一切可以抓得住，缘分这东西，就是在时光这一条河里抓了一条鱼，徒手抓鱼，稍不留神，鱼就跑了，别高兴太早，有的是时间让你哭。

老高说，你别吓唬我！

我说，那么好的姑娘，真不愁没人追。

老高冲出了包子铺，真怕夜长梦多，梦里再多的你都没用，所以，不如趁醒着，握紧对方的手，别撒开。生活很难，但是一撒手，各自去了人山人海，就指不定什么时候还能遇见了。

我想起很久以前，那一次买房，下了小雨，我跟老高他们一起吃了肉末粉条，分开的时候，他们穿过马路，说说笑笑。老高把外套脱下来，披在姑娘身上，姑娘推辞了一下，还是被老高按住了，老高对她笑了笑。

那一笑，现在想来，像是阳光，对，是阳光，那雨都绕过了姑娘的肩膀，姑娘问他，冷不冷？

老高蹦蹦跳跳给她看，说，暖着呢。

喜欢一个人真好，会从心里发出一股暖流，心里升起的篝火，传遍整个身体，然后那个人就会像阳光一样，过往的人都会看到他。我们都知道"死心塌地"去爱一个人，是片面的，可是，我只学会了这一种爱的方式。

我是真心希望所有的喜欢最后是：我爱你。那么简洁，那么斩钉截铁。我不希望我爱你之后还有别的字，比如，但是。

五

之后，老高来我包子铺更勤了，问的事儿也越来越幼稚，穿这个好不好，约吃那个中不中。我很纳闷那过去的六年，老高跟他媳妇是怎么谈恋爱的，老高说，觉得之前的自己太失败了，要洗心革面。

我女朋友经常跟老高媳妇一起逛街，大概时常提及老高的变化。老高媳妇的态度是分手了还可以做朋友，老高的态度夫妻还是原来的配方原来的味道好。老高的小事业还算稳当，也有了更多的时间，他经常约他前媳妇一起出来坐坐，吃吃饭看个电影。老高觉得这样的感觉很好，重新认识一次，换一种方式走一起走的路。

老高最近一次找我喝酒，很颓废的样子，他说，我表白了。

我看情况不妙，没搭话，安静地看着他。

他接着说，我说做我女朋友，好不好？她说她要嫁人了。为什么啊？你知道我为她变了多少吗？我倾尽我全部的力气去重新爱她，我也找到了我们重新相处的频率，难道最后还不能在一起吗？我努力朝她走了九十九步，难道她就不能向我迈一步吗？

我说，缘分这东西特古怪，有时候遇见谁并不在你的预料中，但是在意料之外走在了一起。就像你点了鸡丝米皮和香酥千层肉饼，它们俩就以早餐的名义在一起。你点了灌汤包炒了回锅肉，它们俩就以午餐的名义在一起。你炖了排骨汤蒸了小米饭，它们俩就以晚餐的名义上了桌。你和她最后没在一起，终归是缺了一个名义。

老高说，她明天结婚，你说我要不要去？

我说，去啊！你喜欢了六年的姑娘，要出嫁了，你不去给人家把把关啊！

老高说，也好，这一阵子忙活包的事儿，挣了有三万多，我给她包一个大大的红包，就是便宜了那孙子，娶了我的人还花我的钱，妈蛋的，明天我就安安静静地喝酒，不吵不闹，三万块呢，我得好好吃，拣贵的吃。说完，老高就开始哭，不用劝，一把鼻涕一把泪一口酒。那一天晚上到凌晨三点多，稍微喝得有点多，走路有点乱晃，点着烟，老高说，后悔了，若当时她走，我劝一下，可能就不是现在的结果。

第二天，我给老高打电话，告诉他参加婚礼的事儿，他随便穿了一件衣服就下了楼，我说，参加前媳妇婚礼啊！你穿这样！你好歹西装革履啊！老高说，对啊，咱们不能丢娘家人气质。然后我带老高去买了衣服，就地换上。

推开酒店大门的时候，音乐已经响起来了，我看见老高媳妇很漂亮，站在舞台的最中间，那一束灯光很暖，我看见酒席的桌子上，已经上了一道菜，肉末粉条。老高眼神有点恍惚，大概他也从来没有见过这个姑娘最漂亮的一面。

　　我推推他，他转身看我，我从口袋里掏出两个曲别针牌，一个递给他一个留给自己，老高很纳闷。我微笑着看着他，说，以后对她好点吧！老高看着小牌，上面写着：新郎。我的是伴郎。

　　有时候，千万别觉得自己很幸运，有时候，手一撒开，大概就是一辈子。别觉得自己胆大，就去赌一把，该珍惜的时候就珍惜好了。

　　后来，我想说，肉末粉条，也叫作蚂蚁上树，小蚂蚁没多大能耐，但是它也有梦想啊！当有一天，它牵着小蚂蚁的手，爬到高高的树上，它也会看到大大的世界，那个时候，它们会在高高的树上唱歌，但是，说实话，老高唱歌，真难听！

谢谢你给过我完完整整的爱

一

记得最近一次吃水煮鱼，是上一次女朋友过生日，那一天的鱼肉嫩滑Q弹，弹，弹，弹，弹走鱼尾纹，大概是有点辣，当时吃得很辣爽，大口啤酒大口鱼肉，回来后，一晚上辗转反侧，肚子疼，为了转移注意力，我决定开始数羊，一只羊，两只羊，三只羊，喜羊羊，美羊羊，懒羊羊，小肥羊，越数越饿，我决定去搞一碗清汤羊肉喝喝，于是给老王打电话，老王没接电话，我看看手机上的时间，凌晨十二点半，我想老王明天还要去早市买最新鲜的蔬菜和肉，大概是睡了。

我翻翻冰箱，实在是没有找到合适吃的。想起包子铺下午剩下的一些羊肉，我穿上外套后下了楼。天有点凉，月亮还在，城市安静，这是我想要的生活，就差一碗热乎的羊肉汤了。

打开包子铺门，我去厨房生火煮水，切羊肉葱花香菜。忙活了半个多小时，那时候应该一点多了，我端着羊肉汤坐在大厅的餐桌上，一个穿着粉红色羽绒服的姑娘推开了店门，身边有一个大大的行李箱。

我说，姑娘，这个点店不营业。

姑娘说，刚下火车，没有地方去，外面有点冷，能不能在你这里等到天亮？

看她委屈的样子，我心一软，居然问了一句，你饿不饿，我刚做了羊汤，来一碗？

姑娘说，好啊好啊！

当我把一整碗羊肉汤推到姑娘面前，看她吃得那么幸福，我又问了一句，要不要加两个火烧？

姑娘一嘴羊肉嘟嘟囔囔地嗯了一声，然后头点得跟我们家鸡叽叽喳喳啄小米似的。我当时居然感慨的是这姑娘好可爱啊！我脑子怎么了，我的肉和火烧都被别人抢走了，我居然一点生气的意思都没有。哦，天哪，这个看脸的时代，一定是荷尔蒙，因为荷尔蒙负责一见钟情，脑子才负责算账。

我只喝了一碗清汤，上面飘着葱花和香菜，哎，真羡慕这个姑娘，能遇见我这么好的一个人，上辈子她一定烧高香抱佛脚了。

吃完以后，她尴尬地跟我笑笑，我赔笑。她说，我身上没钱，明天我让我男朋友给你送，好不好？

我问，你从哪里来，怎么不让你男朋友来接你？好歹，找一个旅馆住一晚，这大冷天，万一遇见狼外婆怎么办？我调侃了一下她的小红帽。

她笑笑说，半夜的车票便宜，我想给他一个惊喜，怕大半夜打扰他，不好。火车上钱包丢了，我不心疼里面那些钱，倒是挺心疼钱包，那是他送给我的生日礼物。我也没钱住旅馆，反正天就要亮了。

多好的姑娘，我也遇见过一个，那个时候隐约互相喜欢，但是都没有捅破窗户纸，大概怕窗户纸挺贵的，一旦捅破了，没钱赔，咋整。后来赶上我过生日的前一天晚上，我睡得早，后来被她迷迷糊糊的电话吵醒，她说，我在你们家楼下，你下来许愿啊！

许你个大头鬼啊！

我穿了拖鞋，披了外套下楼，看见她捧着一个小蛋糕，点了蜡烛，她说，生日快乐。要不要这么感人，闹哪样，韩剧看多了吧！那一天真的挺冷的，我不知道她在楼下等了多久才到十二点。我们谈了六年，她要嫁给我了，大概这是最好的结局，喜欢一个人就是希望她幸福。我喜欢她时，她齐刘海儿小虎牙小衬衫，我们在路边摊吃烧烤吃香菜肉丝大拉皮，我娶她时，她束起马尾小虎牙白婚纱，我炒了俩菜，白菜炖豆腐酸辣土豆丝，开了两罐啤酒，我说，干了这瓶酒，以后你就是我的人了，想想人生，有时候挺带劲儿的，你永远不知道会被哪一瓶酒放倒。

二

姑娘问，你为什么这么晚了，还开着店呢？

我笑着说，这么冷的天，总有一些赶路的陌生人，想来喝一碗热乎的汤，继续走。

姑娘说，你人真好！

我只笑笑，想想我是真的好，薄如蝉翼的羊肉，在高汤的锅里滚一个圈，盛入碗里，撒点葱花香菜末，撒点盐味精胡椒面，再配俩火烧，全拱手让人了，想想就心疼。你看，会撒娇卖萌的姑娘，运气一定不会太差。

姑娘又问，你们店规好萌啊！真的讲一个故事，就可以免单吗？

我说，你有故事讲给我听吗？

姑娘说，该不该因为穷放弃一个男生？

我说，穷是暂时的，而爱可能是永远的！

姑娘说，我们谈了两年多，我知道他家里穷，他爸还酗酒，但是他对我好，他知道我爱吃鱼，他能吃泡面攒一个星期的钱，就为了请我吃一顿水煮鱼，我吃鱼，他打包汤回去，说回去喂楼下的野猫，后来才知道他蘸馒头吃。毕业他要去北方发展，要我一起，我家里人想让我留在身边，托人给我找了机关的工作。不瞒你说，前天，我们刚刚吵了一架，很严重的那种，他甚至在电话里骂我，说吃了公家饭，想法也多了，看不起他，可是他的穷，我从一开始就知道啊！我一姑娘，从小没出过远

145

门，坐火车，跑那么远来这里给他道歉，我做错了什么啊！

说着说着，姑娘开始眼圈泛红，委屈这东西，自个扛，没啥，一旦对外人讲出口，泪水就跟决堤似的。我推了推桌子上放餐巾纸的盒，姑娘抽了一张，擦了擦眼，然后接着说，我也下定决心，要分手了，可是，想想两年都过了，忍一忍，可能就好了。朋友给介绍了一个男生，双方家庭也有点渊源，也比较谈得来，双方的父母也比较满意，而且这个男生也比较踏实，他跟我就是奔着结婚去的。现在，我很纠结，是跟过去死扛还是跟未来拥抱，一个是爱情，一个是婚姻。我丢的那个钱包，就是他买给我的最贵的礼物，他知道我想要的是什么，我也可以原谅他现在的一无所有。

我说，你现在要想清楚，爱情是暂时的，婚姻可是一辈子的。你看，深夜里的一句晚安抵不过一碗羊肉汤配火烧更抵饿，一句我爱你不过是耳边一阵风，肉夹馍鸭血粉丝汤更实在，还暖胃暖心，我们必须靠面包活下去，才能聊聊关于爱的事。

姑娘说，我知道在这个物价横飞的时代，我们俩没法好好生存下去，甚至还要靠父母接济，我的父母也是农民，如果现在我嫁给了那个男生，可能生活上会好很多，也不会让父母担心。但是，你说，相爱了，不应该坚持下去吗？

我说，说句实话，你别不爱听，没有物质的爱情就像一盘散沙，不用风吹，就散了，当你每天因为各种钱的问题吵个不停的时候，你就明白了，那个时候，感情是廉价的，菜市场的白菜都比它贵，肉包子都比它香。你可以等他成功，等他买得起三十块钱一碗的水煮鱼，但是感情等不起，越吵越淡，越吵越淡，你还得花钱买盐。

姑娘说，离开他的时候，我就告诉自己一定要遇见更好的人，现在遇见了，可是我不忍心看他一个人受苦。

我说，姑娘，各人各命，谁都不是谁的救世主。别把自己的生活过得那么拧巴，你又不是天津大麻花，要做就做一个开心的肉夹馍，爱谁谁，心纳百川，什么青椒红烧肉葱花卤蛋，剁吧剁吧，切吧切吧，再浇半勺肉汤，全部夹住一个不放，我的我的，都是我的。再不济，安安静静地做一个美美的火烧也不错，等着驴肉光临，我就是我，是不一样的驴火。

姑娘说，现在好难过，爱情终究还是输给了现实。觉得自己特伤心特委屈，撑了两年，还是没有陪他过这个坎。

我说，失恋所煎熬的伤心委屈埋怨是没法一次甩清的，店铺经营不善，倒闭了还要清仓大甩卖三天呢，若有一天你能静下心，煎一个脆皮鸡蛋，熬一碗红糖小米粥，不煳锅，那么恭喜你，要么你学会心疼自己了，要么你开始新的旅程了，但愿你的征途依然星辰大海，有人疼，有人伴，有人给你加俩凉拌小菜。

三

第二天，老王来店里，看看姑娘，看看我，然后问我，一整夜没睡？

我说，你去做一份水煮鱼，记我账上。

老王去厨房，刮鱼鳞，然后顺着鱼的纹路片成鱼片，然后将鱼片放在蛋清盐料酒淀粉的碗里腌渍，煮熟黄豆芽放在大碗底部，然后葱姜蒜花椒爆出麻香，倒入鱼头、鱼尾、鱼骨炒匀加热水，水量以能没过鱼为好，开锅后，放入鱼片，搅匀，鱼肉变色出锅倒入黄豆芽的大碗里，辣椒段花椒加入油炒过，然后浇到碗里，撒点香菜，端菜上桌。

老王说，大清早，吃水煮鱼，口味够重啊！

我说，你别管了，你把包子蒸好，一会店就要开始营业了。

我跟姑娘说，你尝尝老王的手艺，边吃边好好想想，谈恋爱呢，首先要疼的是自己，你看，这水煮鱼，肉嫩，你吃着挺香，但是你也要知道，鱼里面是有刺的，不小心就会伤着自己，至于怎么避免吃着刺，就靠你自己睁大眼睛看了。有些伤害，是可以避免的，只要自己别太固执。

你要的爱情，你要的安全感，你要的心疼，有的人给你一个辣烤面筋一碗热馄饨两根肉串，有的人给你加满鱼豆腐腐竹海带茼蒿培根小白菜香菇木耳藕片的麻辣香锅，有的人给你香煎小牛排鹅肝鸡蛋布丁抹茶慕斯，终究抵不过深夜你自己亲手做的一碗阳春面鸡蛋饼，那些所有的心疼，一筷子夹起来，热气拂面，暖暖的。

姑娘吃完水煮鱼，说，谢谢你听我的故事，我还有一个事，想求你帮帮忙？你能不能借给我二百块钱，我想回家了！

姑娘走后，我想了很多，现实面前，爱情太卑微了，我相信这个世界上还有共苦的爱情，但是我也相信，心疼自己也没啥错，还是那句老话，各人各命，能坚持的继续，不能坚持的，也别太委屈，谈恋爱，大家都是奔着幸福去的，自个觉得值，就够了！

四

我听到故事的结局，是后来姑娘给我发了二百块钱的红包。其实，你经历的所有烦恼，别人是没法感同身受的，故事的背后藏了太多的真相，而讲故事的人总是有意无意去隐藏一些什么。

姑娘说，谢谢。

我问她，你最后想明白了吗？

姑娘说，我想再等等。

临回家以前，姑娘还是选择了去见那个男生一面，见面的时候，男生很惊喜，问她，你怎么来了？

姑娘说，突然想你了。

男生说，你打个电话就行啊，坐火车累不累，饿不饿？我请你吃，你最爱的水煮鱼，我知道一家餐厅做得特好吃。

男生一只手牵着姑娘，一只手拉着行李箱，从背后看，他们将去往他们喜欢的远方，从前面看，他们即将迎来他们喜欢的曙光，对于彼此喜欢的人来说，心里有一个温暖的念头很重要，哪怕这个念头是我们一起去吃水煮鱼。

人心要的就是一个盼头，盼东风起，刮来想念落地还愿，盼红盖头起，掀起眷恋和你终成眷属，盼四季十二个时辰，睁眼你就在身边，睡下你就在梦里。

男生问，你还想不想吃？

姑娘摇摇头。

然后几乎是同时，姑娘和男生各自说了一句话。

男生说，我有一个好消息要告诉你。

姑娘说，我有一个坏消息要告诉你。

男生突然一愣，说，你先说。

姑娘说，还是，你先说吧。

男生笑着说，你猜猜。

姑娘说，我猜不到。

男生说，你听完一定很开心的。

姑娘说，猜不到。

男生说，今天老板给我加薪了。

姑娘说，那值得庆祝，恭喜你。

男生说，这不是最开心的，我跟公司申请调到你的城市，你猜怎么着？

姑娘说，公司同意了？

男生说，哇，厉害，这都被你猜到了。以后，我们就可以天天在一起了。而且我还有外勤补助，我有一种强烈的预感，我们会越来越好的。

后来，水煮鱼上桌，男生问，你怎么不吃，不爱吃了？是不是，很累？

姑娘摇摇头，一直看着男生笑。

男生突然想起来，问，你刚才说要告诉我一件坏消息，是什么？

姑娘想了一会说，我把你送我的钱包，弄丢了。

男生说，我再给你买一个。

姑娘说，嗯。

其实姑娘心里想说，我们分手吧。到了嘴边又咽回去了，她知道，这一切并不是最好的结局，她男朋友调到自己的城市，只会更累，更拼命，他们俩就是拼命去努力，也赶不上普通人的生活。

实话讲，谈恋爱是两个人的事儿，吃饱喝足穿暖皆大欢喜，而婚姻，是两个家庭的事儿，他们一旦结婚，是不可能割舍掉他们背后的家庭的，所以他们要攒钱生活，还要接济两个家里，他们只会越来越累。

童话故事里，总会告诉你：王子和公主过上了幸福的生活。但是童话不告诉你，他们的婚姻生活是多么的琐碎和无趣。可是，我们常常被童话骗到，相信了，我们所以为的美好的事儿即将发生。可是，怎么可能呢，墨菲定律说过，如果你担心某种情况发生，那么它就更有可能发生。

男生说，我们好好努力两年，就结婚，好吗？

姑娘说，好。

男生说，你别哭啊。

傻姑娘真多，还好，傻人有傻福。你说，最美的时候，最爱的人，在身边，还有什么事儿，扛不过去？

恋爱有多苦，没法跟你说，能不能扛，看自己造化，感情都是独一份，路都在自己脚下，有本事捅马蜂窝，就该有本事不怕被蜂追，你跑得快过风，也指不定被蜂来一叮，若长相厮守那就来首红日赞歌，若分道扬镳那就来杯醉生梦死。

你见过那些爱得闪闪发光的人，其实，他们只不过挨过了伸手不见五指的黑夜而已。

五

我还听过一个结局，那姑娘坐火车回去以后，分手了，她终于还是在几个月后嫁给了第二个男生，那第二个男生待她很好，他们过着普通人的生活。

只要自己有承受代价的能力，选择哪一种生活，都是对的，别人嘴里的生活，跟你无关，你总要卸下包袱，换上新的装备，重新出发，唯一能介入你生活的，只有你自己，你要做自己的救世主。

听说，她站在她们家的阳台哭过，晚风很凉，她不确定她到底是不是爱他，她也不确定他是不是爱她，总之，她要开始新的生活了，跟所有过往彻底划清界限。

姑娘问前男友，你恨我吗？

她前男友说，不恨。

姑娘说，谢谢。我从不后悔跟你开始，也从不后悔跟你结束，我感谢你给过我一个完完整整的爱。

她前男友说，你别哭啊，哭肿了眼，不好看，怎么嫁人。

姑娘说，好。

她前男友笑着说，我好好努力两年，我也会结婚的，到时候请你喝喜酒，好吗？

姑娘说，我丢了你给我买的钱包。

她前男友说，没事，再买一个。

姑娘哭着说，那可是你买给我的唯一的礼物啊！

她前男友说，你看，这个水煮鱼有刺，以后要注意点。来，你多吃点。

姑娘说，你别哭啊！

她前男友说，今儿这鱼，怎么那么辣啊！

然后几乎是同时，姑娘和男生各自说了一句话。

男生说，我有一个好消息要告诉你。

姑娘说，我有一个坏消息要告诉你。

男生说，你先说。

姑娘说，对不起，我把你也弄丢了。

男生说，今天的水煮鱼打折啊！吃一份送一份。

其实，在黑暗里说出我爱你，是很难的一件事儿，可是，偏偏黑暗里，我们需要那么一句我爱你，好让我们有足够勇气去等待黎明的到来，漫天星光没用，硕大月亮没用，我们要的是黎明前，那一束阳光，亮到刺眼，我们才心安理得地觉得，这才是爱的意义。

可是，我想说，真该感谢那些陪你数星光、看月亮的人，至少，他在最黑暗的时候，陪过你，他也曾深深地相信，再过一会儿，就天明了。

姑娘结婚的那天，双方父母都很开心，她不知道她自己开不开心，反正脸上有笑，笑迎八方来宾，小曲在酒店唱着，大家开开心心地喝着，说着祝福，一对新人享受着各种祝福，理论上说，这是一个姑娘最开心的日子。

后来，送走所有的宾客，姑娘有些饿了，她跟她老公一起在酒席的桌子前坐下，准备吃点东西。她老公夹了一块水煮鱼给她放在盘子里，姑娘看了一下，愣了一会儿，她老公说，想什么呢？趁热乎吃。

她说，我不爱吃鱼。

你的嘴唇很好看，适合接吻和说我爱你

一

做红烧肉的最高境界，是肥而不腻，选肉是关键，老王就拿捏得很好，肥瘦适中，不至于肥肉太多，吃两块就腻堵了，也不至于瘦肉太多，太筋道少了几许香软。五花肉切块煸炒，小火化冰糖炒糖色，然后葱段姜片桂皮肉下锅，开大火，酱油爆香，黄酒调味，最后加水慢慢炖，关键是收汁。老王做的红烧肉，色泽红亮微甜嫩香，好吃到哭，因为老王爱放辣椒，辣香辣香的那种，好多人吃完都哭了。

老王的红烧肉是我们店里的招牌菜，若你不开心，来一碗，哭，放肆哭，哭完你就开心了。心里有情绪，就发泄，别憋着，美食能治愈的就别用药，是药三分毒，药好毒，药好毒，呜呜呜，打死不肯认输，还假装不在乎。

我有一个朋友很爱吃红烧肉，每一次来我店里，至少一碗。我认识他的时候，他一百二十斤，那个时候还有梦想，成为一个出色的油画家，大刷子一挥，画布立马就有了鲜活的灵魂，我店里所有的油画都是他当时送我的开店礼物。现在他一百六十斤，梦想成为一个出色的民谣歌手，时常背着吉他来我店里哼一两首歌。

　　尽管他是一个不折不扣的胖子，但是不影响他的桃花，时常会有小姑娘跑来听歌吃包子，一定程度上他带动了我店里的生意，我时常给他开两瓶啤酒弄一盘花生米，他就安静地唱。

　　后来有一天，一个姑娘点了一盘红烧肉，要做成特辣的那种，然后她点名要让我朋友唱一首《灰姑娘》，哦，对了，我的朋友姓徐，大家喜欢叫他老徐，老徐夹了一块红烧肉，喝了两口啤酒润润嗓子，然后就弹起了吉他，大家觉得好奇怪，这一定是一个有来历的姑娘。

　　姑娘说，你唱得还像从前一样好。

　　老徐说，你少吃点辣，对胃不好。

　　那个时候，我刚好端着一盘凉拌黄瓜经过他们身边，看见姑娘向他伸手，停了一会，老徐放下拨弦的手，然后从口袋里掏出一根巧克力棒，然后放到姑娘的手里，姑娘盯着巧克力棒许久，突然说，我现在还一个人。

　　老徐说，哦。

　　姑娘问，你，现，在，呢？

　　老徐没说话，然后继续弹，姑娘安静地看着他，等老徐的答案。许久，一首歌唱了两遍，老徐还是没有开口告诉姑娘，姑娘有点急，一把夺过他的吉他，问，你说啊！

老徐还是没说话，端起面前的酒杯，猛灌了两口，低下头开始吃红烧肉。我懂一张口说出后的尴尬，也知道一张口所有的久别重逢立马就会变成再次分道扬镳，大概不张口的伤害要小于知道结局的伤害，沉默是此时此刻最好的答案。

二

等我从厨房端出来姑娘点的红烧肉，老徐桌上已经空了两瓶啤酒，姑娘已经不在了。我问，咋了？

老徐接过我手里的红烧肉，问了一句，在一起，为什么那么难？

我很惊讶，说，你可别做傻事啊！我们怀念前任，未必是爱，只是怀念如果当初在一起现在会是怎样。你看，我们怀念羊蝎子火锅，未必是馋，只是怀念那个坐在你对面给你夹娃娃菜的人最近好吗。你看，我们怀念七里香，未必是听，只是怀念给我一首歌的时间想牵你手的人好久不见。吃八大菜系，终有一道倾心，走东西南北，自有一条顺路，还是继续往前走吧，你失去的阳春白雪，在不远处一定有你想要的春暖花开！

老徐说，加个酒杯，陪我喝点。

我坐下来，点了一支烟，深吸了一口，老徐说，你要不要听一下我的故事？

我当时是震惊的，我知道一点他的故事，尤其是他跟小芳姐姐认识的故事那时候他们俩在网上认识，还聊得来，坐火车隔着三个小时的距离，当时老徐说，你来青岛玩呗。然后小芳姐姐就来了，待了几天。

老徐说，要不你在青岛工作呗。然后小芳姐姐就找了一份工作。

那种细水长流后的默契比表白更动人，我第一次遇见他们俩在一起，是我们一起吃火锅，那个时候锅里的水滚烫，等着丸子娃娃菜宽粉亲亲肠下锅。那天我们聊了很多，但是我印象最深刻的是三句情话。

老徐问，好吃吗？

小芳微笑着点点头。

老徐问，还想吃点啥？

小芳说，鱼丸和甜不辣。

老徐问，吃饱了吗？

小芳微笑着点点头。

以前，我们羡慕那些出口成章说情话的人，哪怕是抖机灵，他们总能逗得姑娘开心、感动，忍不住把自己一股脑儿地倒出来，读过的多么深刻的书，看过的多么感人的电影，去过的稀奇古怪的地方，我们总以为我们会找到共同的话题，能聊得来那就是爱情，后来过日子，才知道，嘘寒问暖陪你吃喝，才是每日的琐碎。

这爱，有时候，是一件很有趣的存在，我们未见过的，未经历的，未感受的，有很多，你觉得喜欢的人，他是一个宝藏，你不停地挖啊挖，哇，他居然看过那么深刻的书，他居然看过

158

那么搞笑的电影，他居然去过那么多稀奇古怪的地方，这多有趣啊，想到这些，生活才有奔头。所以，为什么我们愿意去挖井，不只是为了为有源头活水来，而是每一次喝水的，才想起，吃水不忘挖井人。

如果一开始，我们就不停地倾倒自己，很快，我们就被倒空了，爱，也就空了。我觉得小芳回答老徐的情话的方式，很美好，那笑，让心一下子柔软起来。

后来，他们去海水浴场，去栈桥，去天主教堂，小芳玩得挺开心，唯独在天主教堂的时候，她虔诚地闭上眼双手合十，那时候，夕阳的光从她的侧面穿过来，老徐逆光从她的侧面拍了一张照片，一个人，一辈子，在命里遇见一个闪闪发光的人，不容易。

老徐问，你许愿呢？

小芳微笑着点点头。

老徐问，许的什么愿？

小芳说，不告诉你。

老徐说，问你一件事儿，可以吗？

小芳微笑着看着他。

老徐问，你会斗地主吗？三缺一那种。

小芳说，不会啊。

老徐说，我教你好了。

小芳说，好啊。

老徐问，你会谈恋爱吗？二缺一那种。

小芳说，不会啊。

老徐说，我教你好了。

三

老徐说，在一起，为什么那么难？

我说，大概嘴巴和胃是不会撒谎的，喜欢就是喜欢。嘴巴负责挑选，胃负责接受，有时候嘴巴也会耍点小脾气，只图自己的感受，什么麻香细嫩水煮鱼、辣爽酥脆鸡肉块、鲜香辣虾干锅鸭头，可劲地吃，胃就受不了，后来，嘴巴就知道心疼胃了，遇见辣就绕道了，你没心疼过对方，就永远不知道喜欢有多美好。

老徐喝了一口酒，长长地叹了一口气，然后点了一支烟，不说话。我试探地问了一句，前女友？

老徐点点头又摇摇头，然后说了一句彻底让这个世界安静的话。

老徐说，五年前差点一起死掉，最后还是没有在一起。现在看来，平凡验证的是爱，惊天动地教会的只是爱情，我们会为了爱情奋不顾身哪怕去死，但是为了爱更愿意卑微地活着。

我说，是我们把爱情想复杂了，它就是两个人共同经历一个有趣的事而已，跟喝酒聊天没啥区别，有的一见钟情，热度一过，各自天涯，有的一人死扛，最后白头偕老。

老徐说，我常常想一件事，在一起，为什么那么难？喜欢是自私的，你希望她是你的，她所遇见的一切都比不过跟你在一起，那样她就会灰溜溜回来找你。而爱是，你希望她

160

是她的，她之后所遇见的一切都比跟你在一起更好，哪怕离你远远的，听到她的名字、她的幸福，你还是会笑笑，嗯，那个人，我爱过。

喜欢是简单的，你希望她是你的，你陪她吃，陪她逛街，陪她玩，陪她看细水长流，你舍得在她身上花时间。而爱是，你希望她是她的，她在遥远的世界，她在打拼，她在努力为靠近你想要的未来鼓劲，你请她吃煎鱼盖饭番茄炒蛋牛肉面寿司生鱼片，她未必在你身边，却好像一直在你身边，你舍得花你挣的钱给她。

老徐说，我好像爱过那么一个姑娘，又好像没有爱过，我希望她幸福，晒给我看她幸福的照片，我舍得花一整天的时间陪她唠嗑，也愿意请她吃刚出锅的麻辣小龙虾，她好像出现在我生命里，又好像一下子消失了，像是从来没有出现。她出现时，满山花开，她消失时，风还在，阳光还在，似乎也没带走什么。但确实让我知道，爱可以更美好，如果没有采满山花开的一朵佩在胸襟的话。应该感谢某人的出现，她让你动心，却没曾伤筋动骨，以后分开，再见，酒满上，菜上桌，还能喝两盅。

我说，以前的她，是你丢的青春，现在的她，是你想要的未来，回忆下酒还行，但是吃不到的未来才解馋啊！

老徐说，五年前，我在云南遇见了一次泥石流，那是我第一次遇见她，第一次无限地接近于死亡，两个刚刚经历生死的人在大石房村就那么傻待着，那个时候，我从来没觉得一见钟情会发生在我身上，她吓得一直哭，我安慰她没事的，几个人靠相互鼓励才撑过这个漫长的夜，我们都不敢睡，就不停地聊天。后来到下半夜，她依靠在我的怀里，我才发现，我已经彻底爱上这个姑娘了。

四

有些人天生就适合你生命，你天生就该遇见她。

想起五年前，老徐在云南遇见的那一次泥石流，现在还心有余悸，命，这种东西，在自然灾害面前，很脆弱，但是一旦注入了爱的能量，简直就是无坚不摧。

那时候，老徐跟一帮朋友去云南写生，背着一大大的旅行包，带着画板和吉他，简直就是浪迹天涯的范儿，恣意豁达畅快，有酒有肉，那简直是人生里最奔放的一段时光，身上的每一块肉都懒出了极致，躺在青草上，弹着吉他，唱着《灰姑娘》。住在帐篷里，看着星星，唱《灰姑娘》。

他们赶上了一场大雨，碰到了一场泥石流，当然他们，也把《灰姑娘》从歌里唱了出来，他们跟另一队自驾游的团被困在了那里，那时候，大家都怕得要死，疯狂逃跑的时候，丢了很多背包和帐篷，于是在漆黑寒冷的夜里，食物和帐篷就显得特别抢手，患难这种东西，不分陌生，于是两队人马就临时组团，等着营救了。

惊吓后的疲惫往往会让人觉得饿，那个点恰好没有吃的，所以肚子饿得咕咕叫就显得特尴尬，老徐问那个姑娘，饿吗？

她点点头。

老徐恰好有一个巧克力棒在口袋里，他就递给了姑娘，说，给你。

姑娘愣愣地看着他，然后接过去，吃了。

老徐问，好吃吗？

姑娘点点头。

老徐问，还想吃吗？

姑娘又点点头，其实那个时候，姑娘就是害怕，她一害怕就爱吃东西，只要嘴里嘎嘣嘎嘣吃着，她就不会那么害怕。姑娘小时候，就怕两件事，怕黑，怕闪电，若是赶上夏天深夜的惊雷雨，姑娘会躲在被窝里吃一大包的薯片。

老徐突然变戏法似的，从口袋里又掏出来一个巧克力棒，递给她，说，给你。那时候确实有点冷，雨还下着，他们多数人凑团抱着取暖，那时候姑娘靠着老徐很近，老徐能明显感觉到姑娘身体在发抖。

老徐问，你冷不冷？

姑娘的声音有点哭腔，说，我怕。

老徐问，你怕什么？

姑娘说，我们会不会死在这里？

老徐说，肯定不会的。

姑娘说，自驾游的时候，我还答应闺蜜，回来参加她的婚礼，给她当伴娘呢，我还没结婚呢，我还没好好谈一场轰轰烈烈的恋爱呢，我真冤。我走的时候，还跟闺蜜说，你等我回来。电视剧里一般说了这句话，都回不去的。

老徐突然笑了，说，只要我们熬到天亮就好了，别怕。你要不要听歌，我唱给你听。

姑娘说，好。

老徐说，我给你唱一首《灰姑娘》。

姑娘问，你谈过恋爱吗？

那一天晚上，老徐唱了很多遍《灰姑娘》，最后终于唱累了，就困了。泥石流的事故，比他们预想的要恐怖得多，救援车一时半会进不来，他们也出不去，只能硬扛，可是吃的明显不够，于是男生统一减量，先让女生吃。

大概是人受到惊吓以后，就会胡思乱想，姑娘找老徐聊天，问，你怕不怕，突然就走了。

老徐说，我还有好多事儿要去做呢，我不会轻易就消失在这里的。

姑娘问，你有什么梦想吗？

老徐说，好多啊，唱歌画画，跟喜欢的姑娘骑马走天涯。

姑娘说，我现在就想好好谈一场恋爱，我还不知道谈恋爱是什么感觉呢？

老徐突然牵着姑娘的手，往前走，摘了一朵花，那花上还有泥土，管它呢，他把花别在姑娘的耳边，然后拥抱了一下姑娘，说，谈恋爱，就这样啊，牵手拥抱送礼物。

姑娘问，然后呢？

老徐支支吾吾了半天，说，还有接吻。

姑娘笑着说，你的嘴唇很好看呢，很适合接吻和说我爱你，你说一声，我尝尝鲜。然后姑娘轻轻地闭上了眼。

老徐说，别怕，我们都会出去的，你会遇见一个很好的人，然后谈一场轰轰烈烈的爱情。

姑娘等了一会儿，睁开眼，说，我好像，有点喜欢你了。

老徐从口袋里掏出一根巧克力棒，递给姑娘，说，给你。

很多时候，爱情来临的时候，我们更享受那种暧昧的时候，似爱非爱，似懂非懂，无数的情话被含蓄地表达，无数的回应被含蓄地见招拆招。你说，星星为什么爱一闪一闪亮晶晶？它是跟你捉迷藏呢，看不见我，看见我。爱情，就爱，这么躲躲闪闪。

第三天临近中午，他们才跟着营救队一起离开，在路边一个比较破的小饭馆，姑娘点了一大份红烧肉，吃着吃着，姑娘说，我嫁给你吧？

老徐当时就蒙了。

老徐说，万一我有女朋友怎么办？刚说完这句话，姑娘扔下筷子就跑了。可是老徐话还没有说完，老徐想接着说，你真幸运，我没有。

后来听说姑娘跟着营救队的车走了，去哪儿了不知道，直到今天，老徐都不知道她的名字，她是做什么的，她为什么会出现在大石房村。

现在，如我们看到的一样，她又出现在了你的包子铺，不知道她从哪里来，停留多久，然后会去哪里。她总是突然出现，然后突然消失。

其实，人在这种恶劣的环境下，很容易产生依赖的，一起扛过这种生死，爱情就都是小事儿了。那一次事故，据说，回来以后，成了好几对呢。

五

我说，这些年过去了，还爱吗？

老徐说，现在再见面，不会心动了。若当年，敢拿命护她周全，现在说句祝你幸福都心里打怵，怕她这些年，没去找她该有的幸福，用深情辜负了最好的青春。沉默了好大一会儿，老徐接着说了一句，那碗红烧肉做得不大地道，但是很好吃。

我说，未必呢，如果她们俩同时站在你面前，你怎么办？

老徐说，我不觉得以前叫爱情，我们一起经历生死，是彼此最紧要关头的时候陪伴彼此的人，这种过命交情的扶持，是命运赐予的礼物，它让我们更懂活着的意思。她有她的梦想，我有我的梦想，我们不过恰好交集，从这一个点开始，我们可能越来越远。

我问，你当时动心了吗？

老徐说，我想过要保护她，但是没想一辈子那么长。

我说，可是当时，你心里，想告诉她，你没有女朋友。

老徐说，嗯，动过念头。

我问，你会告诉小芳，这一切吗？

老徐，如果她问，毫不保留，如果她不问，就隐瞒吧，毕竟两个人过日子，是要收起一些秘密的。

我和老徐喝到地下摆了十一瓶啤酒，那个时候已经快到深夜十二点，小芳姐姐推开门说，我饿了。

小芳姐姐在一家电商公司工作，时常加班到深夜。然后老徐一脸憨笑地去迎接，然后微微晃晃地走到厨房，没过多大一

166

会儿端出来一碗热面，面上有一个荷包蛋。然后小芳姐姐拢了一下头发，扎了一个马尾，拿起筷子开始吃。

老徐问，好吃吗？

小芳微笑着点点头。

老徐问，吃饱没？

小芳微笑着点点头。

老徐趁着酒劲儿说，我能问你一件事儿吗？

小芳盯着老徐，那眼神，外人都懂。

老徐说，我们俩第一次碰面的时候，你还记得你许愿吗？

小芳说，记得。

老徐说，我也偷偷许了一个愿，这姑娘我娶定了。

小芳说，我当时没许愿，我只在心里说了一句：谢天谢地，让我遇见你。

我爱你未必就是最动人的情话，你备好热油铁板烤牛肉吱吱响，用冰块调一杯蜂蜜柚子茶，蒸一碗嫩滑嫩滑的双皮奶，做一份酥香酥香的手撕炭烤羊排和一口咬下去喷汁的蟹黄小汤包，然后问她好吃吗好吃吗，你焦急地等她，慢慢地回答，一个字"嗯"抵过世界所有情话。喜欢的人在一起，还有比吃更惊喜的事吗？

嗯，还真有。那个爱吃红烧肉的姑娘推开了包子铺的门。

如果早点遇见你，结局会是怎样？

一

店里的西墙角时常有一个男人在喝闷酒，每一次只点一份香菇油菜要一壶温热的二锅头，他话很少，每次来都是一样，自斟自饮，喝完把钱放在桌子上，不说一句话就走了。

所以，我跟老王都很好奇这个人，他每次来，我都会盯着他看一会儿，偶尔，他会盯着我们店里的招牌看一下，我们的招牌上写着：只要客人讲一个故事，就可以免费吃包子。好奇归好奇，我不会搭讪，除非他愿意张口，我一定会听。

后来某天我打烊有点早，他说，一起喝点？

我开了一瓶啤酒，他说，不喝点白的？

我说，有点烈，尝不来。

他笑笑，说，喝点烈酒好，暖身。

那个时候冬天，天气预报上说，最近有冷空气来袭。晚上客人少，我关门比较早。一般遇到客人喝酒的请求，我多数会坐下来陪他们聊聊天，想喝酒的人，大概都会有点故事要告诉我。我喜欢做一个倾听者，在别人的故事里扮演一个路人甲，陪他们再经历一次他们津津乐道的过往。

他说，加一盘花生米，我想跟你聊两壶酒的。

我去厨房端来一盘花生米，顺便看了一眼墙上的表，再过一刻钟十一点，这个点，适合聊点意气风发的事，若再加两瓶酒，大概能扯扯梦想，再加两瓶，就该狗血的爱情剧登场了。

他小嘬了一口酒，用手抓了几个花生米，放嘴里，嘎嘣嘎嘣地嚼起来。他说，如果，你遇见一个符合你所有想象的姑娘，你会怎么办？这个话题有点太超出我的意料，一口啤酒差点喷了。

他也一惊，然后笑笑，指指墙上的店规，他接着说，我以为不需要开场白呢。

也是略萌的一个男人，所以我暂时叫他香菇油菜先生吧。

二

我说，讲讲你的故事吧。

香菇油菜先生说，大概六个月前，喜欢上一个姑娘，像是认识很多年，但其实只是第一次见面而已，那一天的月光很好，香菇油菜炒得火候很到位，鸡翅微微辣，皮酥香酥香的，酒满上，一杯下肚，觉得喜欢上这个姑娘了。很奇怪，感觉就像月亮影响潮汐一样，现在回想起来，那晚的月光，让我心动了。

之后，他们再也没有见过，各自生活也很少联系，香菇油菜先生觉得她就像是刮过他生命里的一阵小风，风刮过，他拢一下吹乱的头发，继续前行。可是后来，因为工作关系，她又出现了，又刮了一阵风，吹皱了一池春水。

香菇油菜先生说，那天晚上，我们坐在护城河边，开了大概有十几瓶啤酒，一句话不说，就是喝，烤串都凉了。后来姑娘说，我知道你不甘于你现在的感情和工作，你觉得你应该有更好的生活。她一句话戳得我胸口很疼，我就猛喝酒。然后她说，我知道你不会轻易辜负一个人，你知道什么是对的，什么是错的，你很纠结，但是你一定不会做傻事。

大概她已经猜到香菇油菜先生喜欢上她了，但是有些话，是说不出口的。

我说，你喜欢一个人，还未张口，那便是最美的时光，仿佛于一本厚菜谱里，遇见让你流口水的叉烧酱炒肉、双拼肘子面、菠萝牛肉粒、栗子鸡煲、蜜汁鸡翅、香煎黄鱼，点或者不点，菜都在那里，若开口，那便是一次盛遇，无非两种结果，有，那就开心吃，没有，也不遗憾，再换一道，但是不开口，那就只能眼馋。

香菇油菜先生说，那个时候我跟我女朋友经常吵架，大概已经过了谈恋爱好好说话的阶段，各种小事三两句话就能吵起来，我开始变得沉默寡言，每天开始加班加班加班，深夜回家，女朋友已经睡下，第二天起来，她还没有醒。我们的生活开始变得小心翼翼，生怕一句话说不好，又是一场吵架。我记得七年前，我认识她的时候，我们不是这个样子的，我们曾经不止一次幻想过我们想要的未来，旅行结婚生个胖娃，开一家现磨咖啡烘焙的小店，我们也不止一次为了我们想要的梦想坚持，现在，可能路走得有点远了，有点累了，忘记了当初为什么要出发，要去哪儿。

我端起酒杯跟他碰了一下，然后说，两个人在一起，谁都有累有发脾气的时候，忍你的人都是最在乎你的人，你看，那酥香薄皮煎饼卷着白嫩大葱过小日子，还不是靠豆瓣酱磨合，再暴脾气的葱花呛得你流眼泪，在豆瓣酱里，那么一蘸也老温柔了。能忍的都是真爱，除了神龟，要是不在乎，管你是哪根葱，你就跟着蒜和姜去锅里爆吧！

香菇油菜先生说，我快要结婚了。我知道现在的感情不是我想要的那一种，但确实是当时给我最大鼓励的一份感情，她陪过我一段最荒芜最低迷的日子，我也应该给她一份责任。而现在我遇见了一个姑娘，她懂我所有的疲惫，也懂我想要的未来，我觉得人这一辈子遇见一个那么合适的人不容易，现在，在这个路口，我看着路标迷路了。你说该继续责任娶了现任，还是重新出发去遇见真爱？

我指着桌子上的香菇油菜说，你看，一盘地道的香菇油菜，油菜青翠是你想要的新鲜，香菇百炼出香是你想要的味道。七年最长情的是白米饭，你天天吃，想偶尔来个肉夹馍换换口味，可以啊，你吃，你能吃几顿，保证不腻。两个人过日子，沟通包容才是越走越紧密的密码，你现在遇见肉夹馍能动心，下一个路口你看见一碗炸酱面也会流口水。

三

我新开了一瓶啤酒，满杯，然后接着说，对不起，我爱你，是说给两个人听的。鸡蛋站在青椒和番茄面前，总要辜负一个人。豆腐喜欢小葱还是豆瓣，总要伤害一个人。鱼跟酸菜在一起还是剁椒在一起，总要妥协一个人。所有喜欢哪能事事顺你心，但是要知道喜欢的代价，不伤害任何人是底线，爱情真的分先来后到。

香菇油菜先生苦笑，又喝了一口酒，说，最坏的时间遇见最好的人。

我说，可能是你把最好的人放进了最坏的时间。

香菇油菜先生说，七年呢。

我说，你现在跟现任变得很少说话，完全是你自己导致的，两个相爱的人如果事事有商有量，好好说话，一定会越来越默契越幸福，你现在之所以觉得你遇见了一个符合你所有想象的好姑娘，是因为你没有跟她相处七年，七年，你看到现任所有的优点缺点，而现在你遇见的，你只看到她的优点。你跟她相处七年后，你试试，七年会让一个人成长很大，在人生阅历和财富视野上，你依然会遇见一个更适合你那个时候的人，难道你还要放弃，去追吗？相处七年，结婚七年，七年又七年，你总会遇见各种各样与你当时状态最搭的一个人，你可以欣赏，但是不能娶回家。

香菇油菜先生连续猛灌了三口，问我，有烟吗？

我递给他，然后自己也点了一支，沉默了大概一支烟的时间，他把烟头扔在地上，狠狠地踩灭。开口说，我最后见那个姑娘，半个月前，她因为工作原因来待了几天，那可能是我最开心的几天，一起喝酒聊天到深夜，在阳台上喝着小酒数星星，一直喝到日出，从没有那么默契，你说上句，她立马就知道下句，你说多冷门的梗，她都懂，笑得跟一个孩子似的，那一张脸，是我在清晨日出里见过最美的风景。

香菇油菜先生说，再给我一支烟。他打了几次火才点上一支烟，应该有点喝大了，然后他接着说，她突然要走了，我跟她说你等我，我去送你。她说来不及了，你别来了。我打车去火车站，问出租车司机，能赶上一点半的火车吗？出租车司机说，你知道赶火车还这么晚走，不怕堵车啊。那个时候是十二点四十。我跟出租车司机说不是我赶火车，去送一个朋友，见她最后一面，可能她这一走就再也不会回来了。司机一听，眼睛里有亮晶晶的东西出现了，一路狂奔见缝插针，我觉得司机玩"极品飞车"一定很棒。赶到火车站，她说我已经检票了，马上要发车了。我说你给我三十秒，好不好？那个时候我真不知道三十秒能说什么话，但是就想看看她。知道她终于走了以后，我在火车站门口抽了一支烟。可能这是因为年轻而做得最冲动的一件事了。

四

那姑娘透过火车站二楼的候车厅玻璃，看见香菇油菜先生，她打电话问，你真的来了？

香菇油菜先生说，没呢，逗你呢，你走吧，路上注意安全。

姑娘说，给你三十秒，你想说什么啊？

香菇油菜先生说，我还没有想好呢。

姑娘说，好吧，那我走了，开始检票了。少抽烟，对身体不好。

香菇油菜先生掏出来打火机，准备点第二支烟的时候，突然盯着烟看了一会儿，又慢慢地放了回去，其实故事到这里就算结束了，再点一支烟，拖一下节奏，也不过是花絮而已。

三十秒，能说什么呢？说了，能咋样？香菇油菜先生自嘲地笑了笑，准备回办公室。这时候，有人拍了一下他的肩膀，说，你现在想好说什么了吗？

他一回头，看见姑娘冲他微笑。

他问，你怎么没走？

姑娘说，你怎么来了？

那一瞬间，香菇油菜先生是惊喜的，惊喜到脑袋里一片空白，他不知道说什么，他只能站在人潮拥挤的火车站入站口傻笑。

姑娘问，你笑够了没有？

他说，你要不要喝咖啡？

姑娘说，我就给你三十秒的时间，你来得及冲一杯咖啡吗？

他说，你肯定错过这一班火车了。

姑娘说，我错过的大概不只这一班火车，还有……

他说，如果我做了太惊人的决定，你会怎么想？其实，我思考了很久，得出了这么一个结论。

姑娘说，我会支持你。

他说，我喜欢你。

姑娘说，然后呢？

他说，然后，我请你喝一杯咖啡，细聊。

他们在火车站附近找了一家咖啡馆，点了两杯咖啡，姑娘要给香菇油菜先生加一块糖，被香菇油菜先生拦下来，他说，我现在的心情，想来一杯苦的。姑娘转头加在了自己的杯子里，他说，这样，会不会太甜？

姑娘笑着说，还有比被喜欢的人表白，更甜的事儿吗？

他问，如果是你，你会怎么办？

姑娘说，遇见一个喜欢的人不容易，为什么不去珍惜，为什么不去奋不顾身？

他说，可是，你跟过往怎么交代？

姑娘说，我深刻理解，如果喜欢的人突然喜欢上别的人，他心意已决，我是留不住他的，我只能放他走。如果我遇见了自己喜欢的人，我也会跟我男友坦白。

他问，喜欢是那么轻易的一件事儿吗？

姑娘说，我每一次来，只要听说，你会参加，我都会惊喜打扮，以前的时候我以为是礼节，后来我才知道，我喜欢上你了。

他说，我喜欢跟你一起的气场，轻松，所以，无论我多忙，听说，你要来，我都会腾出时间来见你一面。

姑娘问，你怎么跟你女朋友交代？

他说，不知道。我觉得我只会因为责任去娶她，我已经料想到我们以后的日子了。

姑娘说，我忍了很多次，就是怕你为难，但是我自己也很为难，我每天都是靠喝酒对抗失眠，我不知道我为什么会喜欢你，我告诉自己别陷得太深，可是我就是情不自禁，我常常想我们在一起的时候，我常常凌晨四五点才会睡下，我常常要听恐怖的鬼故事才能从脑海里把你赶出来，可是你会偷偷地跑入我梦里。

他说，对不起。

姑娘说，你没错，错在我不该喜欢你。

他说，可是，是我先喜欢上你的。

后来我想明白一个道理，你不完美，你喜欢的人也不完美，关键是你们俩能不能完美地合适。是天造地设的合适，是郎才女貌的合适，是比翼双飞的合适。合适，比一见钟情更重要，我们常常祝愿别人，但愿你往后嫁人都是因为爱情，可是，我更希望是合适。爱情是需要付出代价的，而合适是适合幸福的。

我也不知道，一个人究竟要经历多少次爱，才能懂这些，因为，爱来的时候，很容易冲昏头脑。

那一杯咖啡喝了很久，喝到天黑，姑娘说，这一次，我真的走了。

香菇油菜先生，再见。

姑娘说，对不起，打扰了。

香菇油菜先生说，谢谢你来过。

姑娘说，我真的走了。

香菇油菜先生说，再见。

姑娘说，我喜欢你。

香菇油菜先生说，有机会一起吃香菇油菜。

喜欢本来就挺不容易遇见，碰到了，喜欢了，这有什么对，这有什么错，爱这事儿多无奈，你没错，我没错，错的是爱发生了。从来没觉得后悔，再活一次，还是愿意这么经过，对，是经过，你从我身边经过。

但是我愿意告诉你，我喜欢你。

你看，我们所爱之处，满山花开，那是我们的疆土，我们的爱跟花开花落一样，有一天花会为我落下四瓣许愿，所以我愿你遇见最爱你的人，然后漫山花开，你随着漫山的花一起开。

从满山花开，到漫山花开，满了，漫了，这爱，挺好。

五

我问香菇油菜先生，你是希望那三十秒发生呢，还是没有发生？

他说，你怎么看？

我说，那些心心念念的事，早该去做。想吃章鱼小丸子，现在去买。暗恋一个人，现在去表白。多么美好的暗恋都抵不过面对面红着脸说我喜欢你，哪怕被婉拒，那感觉也痛快淋漓。人生就该直面，你天天老吃弯弯的方便面，不憋屈才怪。别让生活耗尽了你的耐心和向往，你还有诗和远方，排骨和汤，虾和蟹黄，火锅和蘸酱。将来有一天你一定会笑着回忆起这件事。

香菇油菜先生说，你是鼓励我去表白？

我说，我是告诉你，有些事，要快刀斩乱麻。

香菇油菜先生笑着说，她走的那天晚上，我在路边摊点了一盘香菇油菜十根肉串五个鸡翅，都是她最爱吃的，那个时候她应该下火车了，我一直喝到凌晨三点，终于晕到足以有勇气跟她聊点什么，我走在回家的路上，给她打电话，没人接，大概有几十次，然后我给我女朋友打电话，电话里，她说，我去接你吧。我说，对不起。挂掉电话，点了一支烟，在路边哭得跟傻逼似的。后来，我明白了一件事，凌晨三点，你拨通电话，能第一时间接通，怕你出事的，应该只有我妈和我女朋友。有些感觉你以为走了，实际上它一直都在。

我说，但愿所有夏天的遇见尘埃落定，明天又是美好的一天，你还在坚持，不悔过去那一段心有所向的初心，故事可悲可喜已经不再重要，岁月终究会过去，你深夜赶路，微笑优雅、不卑不亢，你看，咫尺的万家灯火又亮起来了，你知道有你柔和的一盏，已经足够。

他说，我懂最大的道理，可惜，我犯了最傻的错，我跟她表白了。

我问，然后呢？

他说，然后我跟我女朋友坦白了我跟她表白的一切。

他突然趴在桌子上打起了呼噜声，那个时候我觉得世界好安静，窗外有风声，爱情里终归是没有多大的成就的，别恋旧，莫辜负，向前行，奔跑起来，就好！未来的节奏一定很温暖，离开的人终会离开，重逢的人恰巧重逢，陪伴的人一直都在，这该是最好的结局。

香菇油菜先生问他女朋友，如果有一天，我精神出轨了，你会怎么办？

他女朋友说，分手吧。

香菇油菜先生问，就这样。

他女朋友说，那不然呢，寻死觅活？犯不上，喜欢这事儿，不能强求。

香菇油菜先生说，那我告诉你一件事儿。

他女朋友说，你不会真的精神出轨了吧？

香菇油菜先生说，你觉得呢？

他女朋友说，我觉得不至于吧，不就是吵了几次架嘛，感情里，吵吵闹闹多正常，我觉得你还是爱我的。

香菇油菜先生问，此话怎讲？

他女朋友说，你下班回家的时候，一进门，就亲我了。

香菇油菜先生说，你就不觉得那是做了什么内疚的事儿，补偿吗？

他女朋友说，反正我傻，我都相信你。

香菇油菜先生说，不如，我们把结婚证领了？

他女朋友说，你还没有求婚呢！

我要重新爱你，用你爱我的方式

一

杨姑娘回来的时候，我在公司开会，微信上收到她的一张照片，我一看那包子俏皮的小褶，就知道一定是老王的手艺。

我说，你回来了？

她说，配啥小菜好呢？

我说等我，私房秘制炝土豆丝。

以前你觉得可能这一辈子再也不会见的一个朋友，她突然出现了，那感觉就像你饿急了，眼前突然就出现一碗清水煮挂面，谁还管有没有加个荷包蛋，先整两碗再说。

在包子铺见到杨姑娘和几个朋友，桌子上放了八瓶已经打开的啤酒，想想也是醉了，那个时候桌子上，还没有上菜，就一盘瓜子，已经空了两瓶，看看他们，也是蛮拼的，盘着腿嗑

180

着瓜子，叙旧也是一盘很好的下酒菜。

杨姑娘和——喝得有点急，一杯接一杯，那个时候——情绪有点低，我以为是工作上的烦心事。

后来杨姑娘问——，你分了吗？

——沉默，我才知道，那一张失落的脸上藏了太多太多的故事。

我端起酒问，咋了？

——不说话，杯子相碰，然后是咕咚咕咚喝酒的声音。大概每一个人心里都有一个不愿示人的秘密，而当你有一天敢拿出来讨论的那一刻，那个秘密才真真正正地属于你。

杨姑娘说，你现在还纠结啥啊？我都替你心疼，你说，你一个漂漂亮亮的姑娘，最好的年纪，一天打三份工，把自己累得黑眼圈跟熊猫似的，我要是一个男的，我都打车过来跪下求你嫁给我。

——不说话，点了一支烟。

我问，谁能告诉我一下故事前情提要吗？

杨姑娘说，——现在过得不好，前男友又来纠缠，——又那么喜欢前任，你说——，多暴脾气的一东北姑娘，遇见她前任的时候，温柔得就跟一小绵羊似的，天天给人家煲汤做饭整爱心小便当。而现在喜欢的男人，又懒又不上进，对——还算不错。

我问——，你心里怎么想的？

大张说，——，分了吧，你应该有更好的生活，而不是把你最美好的青春浪费在一个不懂珍惜的人身上，我作为一个男人，我都忍不了，你说你一个女人，一天打三份工，把自己累得够呛，你觉得这份感情值得吗？

我说，你们这么撺掇人家分，真的好吗？这个世界不可能符合所有人的梦想，若你相信，一直善良下去，就算你想要的不一定会来，但是你一定会遇见一个温暖而美好的自己，没有拥抱的冬天，还有暖乎的皮蛋瘦肉粥，刚出炉的烤地瓜，一大碗的加肠加蛋加鱼丸的麻辣烫，吃饱喝足继续赶路，来年春暖花开，你奔跑得老有劲儿了，那时候还怕追不上幸福吗？

杨姑娘说，你不了解，一一太辛苦了，我们都是看在眼里疼在心里，她就是做不了决定，老是犹犹豫豫，她太在乎别人的感受而不会心疼自己。

我说，一一，你给我们讲讲你的故事吧，大概我们站在故事外能给你一点建议，我们知道你心里的苦衷，可是谈恋爱，哪有什么天生的一对啊，你说鸡蛋跟西红柿就一定搭吗？葱花鸡蛋饼，青椒炒鸡蛋，紫菜蛋花汤，还都挺好吃的，你说是吧！现在，关键是你的态度，无论，今天，你做了什么决定，我们都会支持你。

二

一一又点了一支烟，抽了一半，说，可能感动得自己要死要活的爱情，在别人的眼里都是一个笑话。谁还没点谈恋爱的

182

破事，你们就当听故事吧。那年高中暑假，我做第一份兼职的时候遇见他，一个部门，一起出去跑业务，他对我挺照顾，挺投缘，后来我记得他过生日，他有不吃早餐的习惯，我就带了自己做的一份便当，故意让他陪我吃，他吃完说，能娶到你这样的姑娘上辈子那得扶多少老奶奶过马路啊！我说，哪有人愿意娶啊！他说，我娶你啊！我说，好啊好啊！

后来，一一辗转去过很多城市，只要一一不给他打电话，他从来不会主动跟一一说话，人家男朋友天天嘘寒问暖，一一就跟一根木头谈恋爱，但是一一就是喜欢他，大概最好的青春都给了他，觉得最后不在一起，挺遗憾的，一一都往前努力走了那么多，他但凡向一一走一步，都让一一觉得坚持是有意义的。

后来他去了韩国，临走的那天，一一去看他，路上买了一些苹果，后来继续走，发现有更好的苹果，就又买了一份。那天晚上他给一一做的一道地道的东北菜，他教一一，五花肉切成薄片煸出油，红薯粉条剪半泡水里，酸菜切丝，大葱拍扁切段，姜切片，葱姜蒜爆锅的时候油烟熏到他的眼睛，一一去给他吹眼睛，他突然坏笑亲了一下一一的额头，最后五花肉和酸菜在锅里翻炒，小火慢炖那酸爽，最后粉条入锅搅拌，继续小火炖。

他走后，一一自己啃那些剩下的苹果，啃着啃着就哭了，想想大概相爱六年了，他一直都那么大男人，他做的所有的决定里几乎都没有一一，一一还那么照顾他，知道他喜欢吃的一切。他只用了半年时间就跟一个韩国姑娘谈婚论嫁了，那个时候，——还傻傻地挑婚纱，等他回来娶她。

后来他说，他遇见了一个几乎符合他所有想象的姑娘，他觉得以前的喜欢就像大哥哥对一个小妹妹。你妹啊！那个时候，——难过，学会了抽烟，做了人生一个很傻很傻的决定，跟一个喜欢她的同事在一起了。

——说，我记得最开始跟前任在一起的时候，我天天变着花样给他带爱心便当，我那么贤惠。后来遇见了另一个人，天天变着花样地哄我开心，给我做好吃的。世界好像还挺守恒的，你在一个人身上付出的真心，会换一种方式重新享受。

后来前任突然打电话说，我回来了。——去找他，他说，对不起，现在娶你晚不晚？那个时候的——跟现任也出现了一些矛盾，她开始动摇了，大概等这句话等太久了，有一天来了，她还是招架不住。六年，养只狗应该也有感情的。

杨姑娘说，你再回去，也不是当年的那个人了，破碎的镜子再粘起来，看似完整，但是一块一块映照的都是你沧桑的小脸。

大张说，别再跟前任纠缠了，你留恋的一定不是那段感情，而是那个羽翼未丰的自己，付出了那么多感情，肯定不舍得，但是不舍得，最后伤害的一定是你自己。

三

想起前任那句话，现在娶你晚不晚？——还是敢冲动地放下一切去奔向他的怀抱，她太需要这么一句话给她的勇气了，她以前忙着打三份工让自己生活得好一点，都没觉得累，可是这一句话，她就想缴械投降，做一个相夫教子的小女人。

——问，你说的是不是真的？

前任说，对不起。

——说，爱是不需要说对不起的，我只想问你，这一次是不是真的？

前任说，真的。

——说，那么明天去领证，你敢不敢？

前任说，你从青岛回来，咱们就去，好吗？

那天——订了机票，她开心得一整晚都没睡，她还是那么小女人，我记得以前我们拍广告片，找她做模特儿，她一笑，可以是整个春天的明媚，她就是那么一个可爱的女生，可爱到，你看几眼，就心疼。

她告诉我们，她要回家了。

可是她长途跋涉，回到家，去见前任，前任不愿意见她，她打电话，前任老不接，她就堵在前任家的门口等他出来。终于还是碰见了，该是有一年多没见了，这一年前任爱上新人，这一年，——伤心欲绝，已经开始新的生活，偏偏，前任，又出现，那一湖的春水，被搅动。

前任说，对不起，我跟她又复合了。

——说，为什么？你刚说过，你要娶我的。你刚说过的话啊！

185

前任说，对不起，我是赌气。

——生气地说，你赌气，拿我寻开心？

前任说，对不起。

——说，你真无耻。

前任说，你来回的飞机票，我给你报销。

——从包里取出票，直接摔在了前任的脸上，说，你报啊！你报啊！

前任从地上捡起来机票，看了看，说，有点贵，以后你要坐经济舱。咱俩商议一个事儿，我报个单程，行不行？

——回来找我们一起喝酒，她兴致很高，我们说，你要是难受，你就说，没人笑话你。

——说，以前经历风风雨雨的时候，都没考虑过分手，反而在平平淡淡的生活中，被闯进来的人打乱了节奏。当初爱得轰轰烈烈，我还以为要一辈子呢。

我说，爱情只会输给不爱，绝对不会输给平平淡淡。

大张附和说，这世上，最不缺的就是平平淡淡的爱，爷爷奶奶之间的爱，爸爸妈妈之间的爱，姑姑和姑父，舅舅和舅妈，哥哥和嫂子，弟弟和弟妹，哪一个不平平淡淡？结婚的第一步，就应该知道，爱情转化成亲情的法则，这是爱的能量守恒定律。爱情是最没有道理的一种情绪，它来时排山倒海，它去时一溜烟就没。

杨姑娘说，为什么那么多人，在平平淡淡的生活里依然爱得有条不紊？有首歌唱着：曾经在幽幽暗暗反反复复中追问，才知道平平淡淡从从容容是最真。那些心思太活泛的人，大概一辈子都不懂这句话。婚姻是关上一扇门，心里老想着狩猎，怎么过好日子？所以，分手归分手，别拿终究敌不过平平淡淡的现实说话。不爱了，就早说，大家互不耽误，你和你的两个黄鹂鸣翠柳，我和我的一行白鹭上青天。

——说，你们放心，我还是相信爱情，我相信的是，我当初说出口的：我愿意，不是嘴上说说。我也会在所谓的平平淡淡里找到我爱一个人的方式，它会比爱情更有意思，比爱情更长久，爱情这种冲动的情绪，一辈子有过一次就好，因为我喜欢的是跟你在一起的感觉，叫爱情也好，不叫爱情也好，我都喜欢。

四

我们都有匆匆那年，只是有的人越走越远，偶尔停下来撸串就着小回忆喝两盅，继续前行。只是有的人蹲在原地挣扎，一哭二闹总觉得还能和好如初，徘徊不前。你说，现涮的羊肉片蘸隔夜的花生酱，隔夜的酸菜炖鱼再回锅，凉了的红烧肘子，能好吃到哪里，往前走多好，现摊的煎饼果子，热乎的糖炒栗子。

再之后，——做了决定，还是要离开，回老家，我们终究是没法参与到别人的幸福里，随她去吧。她走的那天晚上，我说一路顺风。那个时候已经猜到她不会再回来了，这个城市已

187

经没有她会留恋的东西了。

后来我想，一一的爱情真是一盘上等的酸菜猪肉炖粉条，前任是一块狠狠煸才出油的五花肉，现任是已经腌得没脾气的大白菜，她是一捆粉条，遇见热水就有了鲜活的气息，既然她执意要回头，那就回头吧，年轻的时候要是不疯狂点，那以后可能会更遗憾。

我这一辈子，没怎么出过远门，最远到过内蒙古，那是第一次去丈母娘家，大舅哥做的烤羊腿，手艺很棒，片到盘里，蘸着酱吃，喝着马奶酒，觉得这一辈子娶了一个好姑娘。第二次因为工作缘故，去杭州，在浙江大学旁边的小饭馆吃油炸冰激凌、馒头片、葱包烩，遗憾的是没有去西湖边走走。

大概这一辈子会找一个时间，跟杨姑娘大张去一趟东北，尝尝地道的酸菜猪肉炖粉条，如果那个时候一一还在，应该会请我们喝一杯酒，那时候她应该结婚了，孩子应该可以围着院子跑了吧，大冬天应该不会舔大铁门了吧！

五

我和杨姑娘大张终究还是没有去东北一趟，一一跟她前任最后还是结婚了，他们的婚纱照真漂亮，我们三个人不约而同地点了赞，什么都没说，大概想说的话以前都说完了。

就像一一回老家前的那一晚上，我们说的那样，好姑娘，都会幸福的，坏姑娘，有酒喝，有肉吃。你看，酸菜的出现似乎是五花肉和粉条的救星，大锅那么一炖，这酸爽！

酸菜，我喜欢的有两类：老坛酸菜、东北酸白菜。老坛酸菜适合煨鱼汤，酸菜鱼的魂就在汤里，东北酸白菜跟着排骨和五花肉都行，尤其是缠绕在排骨上，一口肉香一口酸菜，酸爽至极。

偏这世上有另一种吃法：五花肉、酸菜、粉条。它们分开都会有有趣的存在，都比现在混得要好，五花肉高升做红烧肉，酸菜随了草鱼炖一锅汤，粉条配肉末好歹做主角，偏偏它们就想混在一起，接地气，炖了一锅。所以，我深信，它们在一起是最好的安排，这心态真好，像极了林夕写过的词：但愿我可以没成长，完全凭直觉觅对象。

无所顾忌纯粹喜欢，自然而然在一起。想来人生，大家拼的不过蚂蚁上树，偏世上多了一味酸菜，从此喜怒哀乐都有。所以五花肉是我，粉条是你，那夹在中间的酸菜是爱，所以，五花肉，酸菜你个粉条子！

老王做的猪肉酸菜炖粉条很好吃，五花肉切片，粉条热水泡好，葱姜蒜爆锅煸出五花肉的油，这肉的油香裹在酸菜上，味才足。若是调味，加个一块六（两个八角），翻炒加水，若是喜欢上色来点生抽，小火炖个五分钟加粉条，再小火炖，收汁。

我特喜欢小火炖这个词，比翻炒更有力，大火急炒容易煳锅，慢下来才是享受。偏世人都爱快，跑得太猛，像是爱情，失恋了才听得懂慢歌，有时候真不要着急说我爱你，小火起，锅里咕嘟咕嘟，比我爱你更好听。

你说呢？

不过五花肉酸菜粉条一碗，喜欢就多吃点。

——第二次回老家，前任去找她，那时候——比以前更漂亮，她跟我们说过，她要活得漂漂亮亮，有爱情也好，没爱情也好。

前任站在她的面前说，对不起。

——说，这话从何说起？

前任说，从我爱你开始说起吧。

——问，又跟人家闹分手？

前任说，不是，我提出的，仿佛经历了一场，像是一个梦，梦里做了一点傻事，不求你原谅，以后看表现吧。

——说，你这是回头呢？

前任说，不是，是突然从梦里醒来。大概我这一辈子再也不会遇见你这样爱得雷厉风行的姑娘了，说飞回来就飞回来，我觉得我不能负你。以前，我觉得我不爱你了，所以我拼命挣扎，想要摆脱你，我像是掉进水里，拼命抓了一根稻草，我以为那就是我想要的，后来，你回来，我站起来，才发现，那水不过漫过腰而已。

——说，你回来，真好。真像一场噩梦醒来，我以为我会在这一场梦里，把你丢了，我喊不出声，却把自己喊醒了，醒来，你在身边的感觉，真好。

前任说，对不起。

——说，喜欢就是永远不用说对不起。

前任说，这一次，必须说，我犯错在先。不过，我感谢这一次错，它让我知道，你有多重要。

——问，以后，还会犯错吗？

前任说，这可是送分题啊！

——说，这爱情真不可思议，可这就是爱最酷的样子。你看，爱情多酷，你看不惯它，它还想和你谈一场弘扬社会主义核心价值观的恋爱。

前任说，我做的便当，你尝尝合不合口味？吃完，再吃点水果，这苹果可好吃了，我挑的是最好的。

——尝了几口说，不错。往后，你打算怎么爱我？

前任说，用你当初爱我的方式，爱你一回。

我忘记是哪一部电影里，有这么类似的话，

姑娘问少年，为什么结婚后，你不再说你爱我了。

少年回答，结婚前我说了，如果我改变主意，我会提前通知你。

这句老话说来动听：我爱你。

多少人被这句话欺骗了，以为这句话后面跟着的时间是：一辈子。这里的"爱"包含的可太多了，为什么关键时候，拿爱情当挡箭牌呢？初遇你，我张口：我爱你，你是轰轰烈烈的爱情，你是我要找的人。结婚后，我张口：我爱你，你是平平淡淡的亲情，你是我想要相守一生的人。

我们都知道中文博大精深，可是爱得至深，哪有什么平平淡淡，不过是爱渗透到了生活里的每一个细节而已。清早起来桌上一杯热牛奶，下班回家一顿热乎饭，哪一个不是爱。可是你偏偏要那种最激烈的、最轰隆隆的爱情！

别在别人的爱情里观摩自己的以后，好好去爱，去感受。你连爱情都没有观过，你哪来的爱情观？唯有一句话，值得深思共勉：且爱且珍惜，无论过往。

爱就是不用说谢谢对不起我爱你

一

葱花姑娘分手了，上周的事儿。现在想起来，她那天来包子铺点了一盘葱爆羊肉、半份香菇油菜包子，跟往常一样，是晚上九点左右，她说最近一直忙公司的一个项目，她想要喝点酒，恰好那天没有了，我给她榨了一杯果汁。

她问了我一个问题，如果有更好的选择，你会不会离开你现在的恋人？

那个时候我确实迎来了一个黄金时代，感觉跟自己的女朋友越来越没有共同语言了，我讲包子铺开发新品泡椒猪蹄，她说浮山的泡桐花要开，我说要不要给包子铺的新书打榜，她说柒小汪再过两天要打针。

可能生活就这样，我们当初都会因为共同喜好在一起，最后又因为各自的职场环境不同，获取的经历不同，交流开始慢慢变少，慢慢开始忘记当初两个人想要一起奔向的远方在哪儿。

当初本来说好一起走的，那个快的，越来越快，那个慢的，越来越慢，快的不想回头，慢的开始懒得追，慢的对快的说，你不带我玩，那我自己玩好了。快的对慢的说，你自己不愿意长进，就别怨这个世界太残酷。后来快的有了新的圈子，然后遇见与他一样快的，他怎么可能回来找慢的。

葱花姑娘说，一个女人要强要独立，就活该单身吗？我拼命地加班就是为了早晨吃煎饼果子多加一个蛋的时候，能够底气十足地要。我不想成为任何人的附属品，难道恋爱不是两个人一起打拼吗？我想要更好的生活，我也愿意为之努力，我不想坐享其成。

我说，姑娘，无论悲伤或幸福，就算愤怒也别失态，点到为止。生活给你啥就享受啥，若不喜欢别埋怨，自己努力换就行。有往前冲一万步追求爱情的动力，也有退一步离开对方让自己海阔天空的勇气，别让时间给你答案，别让闺蜜替你抉择，别人的红烧牛肉面确实能暖乎你的胃，但是自己动手，想吃啥吃啥。

葱花姑娘说，那些道理其实我都懂啊，可我还是很想他。你说，我现在是不是只要迅速地进入下一场爱情，就会忘了那个王八蛋。

我说，关于孤独，我想忍一忍最好，能用三五瓶啤酒一大盘炸鸡对付的失眠，就没必要瞎凑合跟人嘘寒问暖到夜半三更。

上帝把你打磨成一块面包，是让你耐得住孤独穿越黑夜去拥抱黄油和煎蛋。你不必难过，也没必要羡慕别人，你知道你要的是凉皮配肉夹馍，那就留着肚子，饿一点真的没关系。

二

葱花姑娘咕咚了一大口果汁，然后跟我说，我跟我先生恋爱三年了，三年里，我们很少吵架，他忙他的工作，我忙我的工作，我们都知道是为了我们想要的未来更好一点，现在累点苦点，都值得，可是现实远没有我们想的那么简单，黑夜太长，夜长梦就多，梦一多，人的想法就多了，我们都知道日升前那一刻最美，可惜天亮前，我们就分手了。

我说，三年不短了，应该谈婚论嫁了。

葱花姑娘说，我所生活的圈子，像我这个年龄，都结婚了，有的孩子打酱油都能一次打两瓶了，左手一瓶，右手一瓶。而我们现在，见过双方父母一次，我妈觉得他挺踏实的一个人，大家都是慢慢熬出来的呗，他现在工资一个月四千，好好努力会变成五千，我挺喜欢我们一起生活的日子，在出租房里的爱情，一起买菜，偶尔下厨，食人间烟火。

我问，那怎么说分就分了呢？

葱花姑娘说，你说谈婚论嫁，哪那么简单啊，结婚需要一个房子吧！我不在乎是不是出租房，可是他好面子，我妈说什么份子钱都不要，就希望我们小两口买个房子，装修完结婚就好。可是，我们恋爱三年，也没有攒那么多钱啊！你看，爱情多现实啊。

　　我说，你认识的那个男人，他若出息，上九天揽月，见了嫦娥，你觉得他不会动心？开玩笑，你看看那个在月亮上砍树的吴刚，桂花树下啃月饼，做鬼也风流。当两个人越走越远，他不说我慢点走，我带着你。他会跟你说，你自己不长进，就不要埋怨这个世界太残酷，你觉得他说得好有道理，你还给他鼓掌。鼓毛线啊，这是分手的信号，你配不上他了，你一个一块钱的打火机怎么好意思点他五百块钱一根的雪茄啊！放心，他不会跟你耗，冷暴力，你知道吗？爱答不理，越来越没有共同的语言，说两三句就奔着聊崩了去，你还好奇，你怎么就变成易燃易爆物品了，嗯，在你琐碎的生活里，在你为他做家务生孩子的青春里，你把你的骄傲都丢光了，生活丢给你的烂摊子天生自带导火线，你老公一点，跟窜天猴似的，就吵起来了。没人关心你背后受的苦，天生理所当然啊，男主外，女主内。你变成黄脸婆的那一天，一定你们家门口的野花开得最艳的时候，姹紫嫣红的。

　　葱花姑娘苦笑了一下，说，也怨自己啊，傻啊，我同学毕业去大城市，人家目标很明确，就是在那座城市扎根，就是要找一个本地户口的人谈恋爱，现在也结婚了，过得也挺幸福的。可是，我就是相信，先有爱情，才是之后。可是，现实就是，找一个本地户口的也没错啊，爱啊，这东西，都是有动机呢。

　　我接着说，你认识的那个男人，他若没出息，下五洋捉鳖，你会懊悔当初怎么瞎了狗眼认识他啊，可你没有养狗啊。你以为爱情就是你的一丈天，可是你的丈夫捅破了天，那你只好自己做女娲了，补吧！补一回两回，能忍，十回八回，你会越来越觉得他变得窝囊，你喜欢的那个他以前不是这个样子啊！怎么就变成这个样子，你问天，问地，想问问自己，或者是迷信问问宿命，你也不必牵强再说爱他，反正你的灵魂已片片凋落，慢慢地拼凑，慢慢地拼凑，拼凑成一个完全不属于真正的我。你要相信，等你穿上高跟鞋的那一天，风言风语会把你的男人踩在脚下，不得翻身，软饭确实好吃，不硌牙，但是打脸啊！这就是分手的信号，你一朵娇羞的玫瑰花插他一个破玻璃瓶子里，观众替你憋屈，再好的爱情，架不住友情的煽风点火，你是风儿他是沙，三吹两吹，就散了。

葱花姑娘说，你去二十四小时便利店买几瓶啤酒，好不好？我保证喝多了，不跟你发牢骚。

三

去二十四小时便利店的路上，我重新思考了一下我的生活，我点了一支烟，我所理解的女人，最好的状态是有她的理想，创造自己的价值，而不是依附于一个男人身上创造附加值。我所理解的男人，最好的状态是他撑起一个家，让自己的女人足够安稳，感恩一个女人愿意收起她的骄傲，以你为傲。我相信一个家，依靠的是两个人维系，男人在外打拼受点苦，赚点钱给自己喜欢的女人花，是本分，没了女人后勤的支撑，还能牛个啥劲，热乎的牛肉面，你盖头再好看，还不是靠面撑着，男人油头粉面，还不是靠着女人蓬头垢面给你撑着，知足吧。

我们都会累，都会有脾气，对于一个家付出的努力，没有多少之分，都是尽自己最大的力，只不过一个创造了社会认可的价值，挣钱了，外人交口称赞，另一个做了一点琐碎的家务事，无人问津。家，不是一个讲投资回报率的地方，签一个十万的大单跟给孩子换一次尿不湿一样，都不过是给美好的家添砖加瓦。

我打开了两瓶啤酒，说，你少喝点。

葱花姑娘眼圈有点红，说，他若是那种不努力的人，离开了也就算了，可是他一直很努力啊，只是可惜我们努力的速度跟期望的速度相差太远了。我们能在出租房里谈情说爱，却在修成正果前败在了世俗面前。我想嫁给他，不只是我三年来恋爱的结果，而是，我认定了这一辈子就跟着他，你说，一辈子就爱一个人，不丢人吧？

我喝了一口酒，沉默了一会说，你知不知道，大多数人的爱情和婚姻最后给的不是同一个人。一万对情侣里面，大概只有一对，爱情和婚姻属于一个人。你想过万分之一的生活，你说，能容易吗？

葱花姑娘说，我从来没想过那么奢侈的事，我就想跟一个人，好好的，会吵会闹不怕，怕的是好不容易在一起了，都翻山越岭了，却在平地上摔一个大跟头。既然伤痛在所难免，爬起来，继续走啊！

我说，我觉得相爱，那个美好的临界点叫作家，恋爱可以谈得轰轰烈烈，相爱必须过得平平淡淡。最难的是，平淡里突然遇见一点新鲜，保证不骚动，记住一点就好，路很长，遇见辣子鸡流口水，下一个拐角还有水煮鱼，如果一直追逐那些让你流口水的，确实挺累的，守住自己手里的煎饼果子就好，尽管没那么好吃，但是关键时候，抗饿。少年修得老来伴，既然会变老，不如，找个有趣的人一起哦。

葱花姑娘站起来，伸出手，说，谢谢你，但愿这一年，不再拖延，不再任性，不再盲目，心有千万种幻想和侥幸，择一良木而栖，开一朵花就好，有果无果，不再患得患失。懂得行千山万水，你在最好，没你照样自拍。明白吃五谷杂粮，你做最好，没你照样下厨房，敢爱敢恨，依然相信爱情。重新学会早睡早起，活得精彩，自然最好，活得自在，也挺知足。

四

我是一个把爱情拉长到七年才结婚的人，所以，你就知道，我有多喜欢爱情了。你可能好奇，这长长的七年里，还有爱情吗？实话讲，我分辨不清，什么叫爱情和亲情，我们常常说，我们要爱得轰轰烈烈，对啊，在亲情里，一样可以轰轰烈烈，为什么我们都看不到亲情里轰轰烈烈的故事？

有段时间，有一个视频很火，你敢跟你最爱的人对视多久？那个视频里，有爸爸女儿，妈妈儿子，哥哥弟弟，姐姐妹妹等等，唯独一对老夫妻对视超过三分钟，那种看你怎么都看不够的感情，是爱情还是亲情，不知道，但是一定是爱。

　　有的人对视十几秒开始眼眶红了，有的几十秒就开始哭了，我们不敢跟最爱的人对视。这对视里藏了太多故事，委屈、亏欠和爱，都有，唯独那一瞬间，从对方的眼里看到自己，我们忍不住了。

　　原来，我们都羞于表达，尤其是对自己至亲至爱的人，我们说不出口爱，说不出感谢，只能将感情放在心底。

　　我结婚的时候，在老家，主持人说串词的一段时间，大概有十几秒，我跟我爸有短暂的对视，他不再年轻了，眼角的皱纹很深了，他一笑，皱纹更深了。我妈的白头发多了很多，她穿着厚毛衣，还是掩藏不了，她又瘦了。

　　就那么一瞬间的对视，心里百感交集。

　　主持人说，现在，你有什么话要对你的爸爸妈妈说吗？

　　就两个字，憋了二十年，只说过一次，一张口，眼泪，唰地就下来了，我们对陌生人说过多少次，就两个字啊：谢谢。为什么张不开口？真的，所谓父母儿女一场，不过是一场情债，儿女都是讨债的，现在，我即将为人父，我深刻地理解了。当了爸爸，才知道什么叫爸爸，家里的顶梁柱就是你，知道不管有什么事儿，这个男人都替你扛着，你就敢在生命面前得瑟，就是这么帅气，这就是爸爸。

更别说，我爱你这三个字了，更难以说出口。我在村里生活了很多年，想来，村里的那种感情，都是内敛的，默默地做，不会用言语表达。可是，这感情，多淳朴，没说谢谢，没说我爱你，就那么一辈子。

你说，是不是，爱，就是不用说谢谢和我爱你？

那天葱花姑娘走出包子铺的背影，挺坚毅，大概心里有了决定。我给柒小汪她妈打电话说，晚上一起吃火锅好不好？她在电话里笑着说，我烧开一锅水，等你哦。

五

上回，葱花姑娘回家里，想跟她男朋友聊一聊，她男朋友说，你快尝尝，做了你最爱吃的葱爆羊肉。葱花姑娘没有像往常一样冲到餐桌前去吃。

她男朋友说，你尝尝，今天的特好吃。

葱花姑娘说，你过来，我想跟你聊一件事儿。

她男朋友说，趁热乎。

葱花姑娘说，你那么想逃避，你到底在害怕什么？

她男朋友说，我怕我没能给你，你想要的幸福。但是现在我突然想明白了一件事，我要娶你。

葱花姑娘问，你为什么突然想起，要娶我？

她男朋友笑着说，不是突然想起，而是有预谋。

葱花姑娘问，为什么？

她男朋友问，你还记得我上次去你家吗？你妈妈在厨房里，要给我们炖羊汤喝，可是你执意要吃葱爆羊肉，你妈妈笑着说，难得来一趟，我炖的羊汤很好喝。你就是执意要吃葱爆羊肉。后来，你们在厨房里吵了一架。最后，我们什么也没吃，就走了。

葱花姑娘说，记得，可是，那次我不是赶上心情不好吗？后来，我知道错了。

她男朋友说，对啊，你总是把自己的坏脾气撒在最疼你的人身上。你还记得，那天我们下了楼，我说落下东西吗？

葱花姑娘说，记得，你还待了好久呢。

她男朋友说，其实那天，对于你妈妈，我落下两句话，一句是对不起，一句是谢谢。我回去的时候，你妈开门，我才发现她刚哭过。一个女儿把自己的妈妈逼哭了，我为什么还要娶这种姑娘呢？

葱花姑娘很震惊地说，你什么意思？

她男朋友说，其实，那时候，我突然发现，这世上，除了你妈和我，再也不会有另外一个人纵容你的骄横任性了。你妈跟我张口说的话是：对不起，以后你多担待点，她就是这个臭脾气，但是人不坏。

葱花姑娘的眼圈有点红。

她男朋友说，后来我想我是缺一个房子娶你回家，还是缺一颗心娶你为妻，那天你妈笑着跟我说，我炖的羊汤很好喝，有机会一定要来喝。我知道这话什么意思，下楼的时候我突然踩空，心里咯噔一下子，想明白一件事。

葱花姑娘问，想明白什么？

她男朋友说，娶你。

葱花姑娘问，为什么？

她男朋友说，下楼的时候，一脚踩空，看到窗外的阳光真好，那小风穿过窗户，呼呼呼呼，心里咯噔一下子，好像心缺了一个心形的口，那风呼呼地灌进心里，凉飕飕的，我迫切需要那么一个心形的挡风的玻璃，想到你在楼下，心里就开始暖暖的。那一束光也好暖，也可以照进心里，但是它补不上那个缺口。

葱花姑娘说，谢谢。

她男朋友说，你谢什么？

葱花姑娘说，谢谢你多年的忍耐，包容。

她男朋友笑着说，如果说要谢，应该谢谢你妈妈，她让我觉得爱一个人原来那么有力量，那么敢跟这个世俗对抗，那么敢给一个人幸福。

葱花姑娘问，你怕不怕，我们开始还房贷，会降低我们生活的品质？

她男朋友笑着说，大不了吃素呗。

葱花姑娘问，怎么可能，你想不想喝羊肉汤？上面撒了香菜碎末和胡椒面辣椒面加了醋的那种。

她男朋友说，想。

葱花姑娘说，走。

她男朋友问，去哪儿？

葱花姑娘说，我妈炖的羊汤很好喝！

之后，葱花姑娘有段时间没有来包子铺，再来包子铺的时候，我问她，现在不用加班了？她笑笑说，换了一份工作。她旁边站着一个有点腼腆的男人，葱花姑娘说，给你介绍一下，这是我先生，姓杨。葱花姑娘的暴脾气终于在羊肉先生的小怀抱里慢慢地变温和了。

我问他们，想吃点啥。

葱花姑娘从她的小书包里掏出一盒糖，放在我的柜台上，我盯着愣了一下，说，喜糖？

葱花姑娘笑了笑，那你还不祝我新婚快乐啊！

我说，你们想吃点啥，我请。

她老公笑了笑，葱爆羊肉盖面，两碗。

速冻的羊肉卷，在油锅里翻炒到泛白，然后加入大葱，翻炒，葱花的暴脾气，羊肉的膻气，白糖生抽料酒醋盐，反而在同一个锅里，翻炒成美味，就是这么美妙，就是这么邪气，你看，爱，就该这样，总要一个人包容一个人。

葱花姑娘说，有句我爱你，不知道当讲不当讲？

她男朋友说，但说无妨。

葱花姑娘笑着说，世间始终你好。

如果你不想分手，最好亲我一下

一

春春有三大爱好，喝酒、铁板鸡、男朋友。

如果非要在三者之间选一个，刀架在脖子上的那种选择，春春一定毫不犹豫地选她男朋友，她男朋友逢人就说春春爱他，这种抉择太感人了。其实是，她男朋友爱她到骨子里，她说饿了，她男朋友一定眉开眼笑洗手做羹汤，她说冷了，她男朋友一定二话不说拥抱披衣裳。

所以，对春春来说，选男朋友是超值大礼包，哪怕是深夜，她突然想喝酒，她男朋友一定拎着下酒菜，打包的铁板鸡随时驾到。

我记得有一回，我们一起在李沧万达吃春川铁板鸡，喝得有点大，后来我们蹲在天桥上抽烟，那时候，春春和大川还没

205

有在一起，但是我觉得他们有苗头，喜欢是藏不住的，暧昧先行，表白是随军粮草，最后一句我爱你，鸣金收兵，大获全胜。

春春指着路边的一棵树说，你看，它对面的那一棵树，一定很喜欢它？

我问，为什么啊？

春春说，刚才那棵树，一直跟它点头呢。

我问，怎么点头的？

然后春春就对着大川点头，像是小鸡啄小米，吧嗒吧嗒地点头，然后大川就回应吧嗒吧嗒地点头，后来，我回头想，能亲眼看到一株爱情萌芽到长大成了参天大树，是一件很幸福的事儿。有时候，见证跟经历一样幸福，我们对美好的事儿，抵抗力都是渣。

我说，是不是喝大了，那是大风刮的。

大概每一回我们仨一起喝酒，大川都喝得很少，我不明白，大川的酒量很好的，回回我跟他一起喝酒，都感觉这小子有内功，就是一发功，酒可以顺着小拇指流出来的那种特技，否则他怎么那么能喝，但是，只要春春在场，大川就一瓶啤酒的量。

我问大川，你那么能喝，为什么在春春面前战斗力就是渣？

大川只是一个劲地傻笑。

春春也很好奇，就追问，就是啊！为什么？

大川说，能陪你一起酩酊大醉的一定是不能送你回家的，可是，我想，送你回家。有人陪你尽兴，又有人护你平安。春春，你是不是瞬间觉得自己很幸福？

206

春春吃了一口铁板鸡，愣了愣，突然热泪盈眶，说，你滚，干吗学人家说情话？我的酒量，还能不知道自己家门朝哪开？

我起哄唱着说，对啊，春春家大门常打开，开放怀抱等你，拥抱过就有了默契，你会爱上这里。

大川问，那你为什么热泪盈眶？是不是感动了？

春春嚼着铁板鸡说，烫。

其实，有一回，春春还真的喝到不知道她家门朝哪开。那天她喝了很多，哭着给大川打电话，深更半夜，电话通了，一句话不说，就是一个劲儿地哭，大川问，你怎么了？

春春说，那个最疼我的人，走了。她哭得那么伤心，以前我们认识的春春是那么坚强独立，她特别拼命地工作，有时候她努力的那股劲都让我跟大川汗颜，我和大川骨子里有懒癌。

春春大概有一半以上的工资都会邮寄到老家，我们很少看见她浓妆艳抹，她擦个口红，我跟大川都能笑话她好几天，后来，她索性破罐子破摔，活成了女汉子，席地盘腿喝酒吃肉。她从来没有跟我们讲过她的过去、她的老家，哪怕是她喝醉了酒，可爱的她把她最好的一面都毫无保留地展现给了我们。

可是，她哭了，大川慌了，他说，我不信这个世上，还有人比我更疼你。

春春说，我奶奶。

大川问，为什么不早告诉我？

春春说，我不想你们因为同情我，才跟我做朋友。

那天，春春坐在她家门口，哭得一塌糊涂，后来，我才知道，原来，从小春春就跟奶奶生活在一起，她的父母生下她就离婚了，没人愿意要这个负担，于是奶奶收留了她，从此她心上多了一道疤痕，她不敢轻易示人，因为有太多太多人嘲笑她的那道疤痕，好难看。

春春的朋友很少，长大后，她学会了把心事藏在心里，但是也从她长大的那一刻开始，她逃避爱情，她觉得爱情是一个怪物，会把两个很好很好的人撕裂成仇人，因为她很小很小的时候，就见过相爱过的人，如何拿恶毒的语言去攻击一个人，每一句都直中要害，招招毙命。

我记得好像有句话说，爸爸就是女儿未来老公的样子。所以，春春从她爸爸离开家的那天开始，她就告诉自己，一个人要坚强。

春春说，我只剩下我自己了。

大川说，你要是不嫌弃，我可以替奶奶继续爱你。

春春问，靠谱吗？

大川笑了笑，指着楼道里的灯问，你知道，为什么灯光那么亮吗？

春春说，给晚回家的人照路。

大川说，不是，你看见那围着灯绕圈飞的蛾子了吗？

春春说，嗯。

大川说，那光亮就是告诉飞蛾，你来啊，你来啊，你要的暖我都有，别往火里飞了，好吗？

春春问，可是，那飞蛾爱的就是扑火。

大川说，何必粉身碎骨，才叫爱。

春春说，我要吃铁板鸡。

二

很久以前，春春跟大川去动物园看大象，那是夏天的时候，他们俩确认了关系，天天腻在一起。

大川问，你看，咱俩之间有什么？

春春说，大象啊！

大川说，不对。

春春说，就是大象。

大川说，是两只象，夫妻象。咱俩之间有夫妻相啊！

有一回，她惹大川生气了，大川一直不理她，她觉得那么难过，其实对于女孩子来说，哪有什么爱情，谁对她好，她恨不能就嫁给谁，所谓爱情，不过就是跟你跑的由头。

我想起王菲有一首歌叫《矜持》，里面有句歌词：生平第一次我放下矜持，任凭自己幻想一切关于我和你。生平第一次我放下矜持，相信自己真的可以深深去爱你。一个女孩子，如果放下了矜持，那大概是她遇见了天大的喜欢。

春春跟大川道歉说，我请你吃铁板鸡。

大川不说话。

春春夹起一块鸡肉递到大川嘴边，说，喏，我把我的最爱都交给你了。

大川说，你看，你还是爱铁板鸡多过我一点点。

春春说，你别插嘴，我正在跟这鸡块说话呢。

大川顿了顿，说，好吧，我原谅你了。

春春挑逗说，那大爷给小女子笑一个呗？

大川依然板着脸。

春春说，那小女子给大爷乐一个，哈哈哈哈哈哈哈。

大川没憋住，扑哧一下笑了。

不以分手为目的的生气，大概都是花样秀恩爱，我们迷恋一个人的点，是雨打芭蕉吧嗒吧嗒，你清晰地陪她枯萎变丑，你清晰地陪她容颜褶皱，可是，她一笑，那万般柔情涌上心头，像一口咬到鸡蛋卷里的小鲜肉，像一口咬到皮蛋瘦肉粥 Q 弹的小皮蛋，像一口咬到脆皮炸鲜奶里的嫩嫩的小奶块。

我问春春，吵架最凶的时候，你想过要分手吗？

春春说，想过啊，每一次我都离家出走，买一堆零食，去五四广场，坐在五月的风下，看海鸥听海哭的声音，那片海也未免太多情。不过，好神奇，每一次我男朋友都能找到我。

我问，为什么不换一个地方躲起来？

春春说，我怕他找不到我啊！那个五月的风下，是我们第一次接吻的地方，每一次他找到我，我都开心地给他一个拥抱，

210

然后亲亲他，你知道重启是什么感觉吗？仿佛在爱情的背后，有一个按钮，你按下去，一切重新开始。

我问，可是那些吵架的事儿会随时盘旋在我们头顶的天空，越攒越多，黑云压城，就是一场瓢泼大雨。

春春笑着说，我们最怕记性太好，可是，有时候我们又趋利避害，我们很容易忘记那些伤害我们的事儿，反而留在唇上的温度和味道，无论过多少年，都记得。

我问，为什么？

春春说，你有没有走在夏天炎热的街道上，碰到一阵风？碰到一家便利店的门口的冰箱？碰到一棵大树的树荫？

我说，嗯。

春春说，对啊，就是那么一个吻，解救你于水深火热。

后来我想，我们为什么记住那么一个人，大概是记住了他留在我们身上的痕迹，就像是孙悟空留在如来手指上的到此一游，从此，我们即使飞跃十万八千里，我们还是飞不出一个人的心，那心真大，装得下整个世界，那心又好小，装一个你就满满的。

我问春春，你是如何做到每一次都原谅他的？

春春说，想一个人好，是一件很有意思的事儿，真的，你坐在五月的风下，嘴里嚼着嘎嘣脆的零食，眼前是一望无际的海，心就跟着宽阔了起来。可是，你要是想一个人的坏，你自己越想越憋屈，你只能拿泪洗面，心就窄小了。一个深爱你的人，你说，他再坏能坏到哪里。

我笑笑说，蔫坏蔫坏的。

三

有段时间，春春和大川分手了，很平静的那种分手。我们常听说，经历了大风大雨，反而渡不过平平淡淡，其实不是，你上了一条船，你不知道远方的山野如何靠岸，所有待在水面上的日子都是恐慌，我们以为随波逐流是方向，其实不然，我们满怀信心刻了舟，以为一切都可以找得回，可是最后，船漏了水。

春春说，你抱抱我呗？

大川抱了抱春春。

春春说，以前在一起的时候，你都没有抱得这么紧。

大川问，还能做朋友吗？

春春说，这一年良辰铺张浪费得真开心，虚度也好，充实也好，谢谢你，原来时光可以这么活，往后我独活，总算有点念想，也算尝过。

大川问，你想不想再吃一次铁板鸡？

春春说，好啊。

那铁板鸡才上桌，春春盯着看了好久好久，说，可能这是最后一次吃了。

大春问，为什么？

春春说，我以为这道菜是大团圆，可是我错了，原来它们只是恰巧活在同一个铁板锅里而已，鸡肉是鸡肉，圆白菜是圆白菜，无论最后辣酱多么浓烈，鸡肉还是鸡肉，圆白菜还是圆白菜。

大川说，第一次碰见你，我就知道我爱上你了。可是，真抱歉花了这么久才告诉你。

春春说，现在说这些有什么用？你知不知道，一个人的脑子很小的，有时候，为了腾空多给你一点空间，最后把自己都弄丢了。

春春低着头，那时候，所有的氛围只能靠店里的音乐烘托，偏偏那首歌不能听，是王菲的《矜持》，以前放下矜持攒了勇气跟一个人告白，后来这人全单退货，浪费的不仅仅是来回的邮费，还有因此赌上的欢乐时光，你尝过了欢乐，往后怎么一个人独享难过，这多残忍。然后，春春从口袋里掏出一个小盒子，递给大川，说，还你了，希望你对下一个女生认真点。

大川问，这是什么啊？

春春打开小盒子，是一个草戒指，她深刻地记得那个夏天，大川从路边的草里拔了一棵，那么认真地编戒指，春春说，你这么抠门？

大川说，你知道小草的生命力有多顽强吗？就算是大石头压在它身上，它都能换一个方向钻出来，告诉你春天在哪里，所以，这就是我对你的爱，我会一直一直陪你一岁一枯荣，野火烧不尽的那种。

春春笑着说，我辣么可爱，你什么时候娶我？

大川笑着说，春风吹又生。

那誓言还在耳边，可是人已经坐在了对面，说的时候，一本正经是永远，走的时候，悄无声息是永远。手机都知道没电了提醒我，可是爱情走的时候，就是一转眼。

大川突然笑了。

春春问，你笑什么？

大川从口袋里掏出一个小盒，笑着说，这么巧，我也准备了礼物？

春春问，这是什么啊？

大川递给春春小盒子，春春打开一看，是一个戒指。她很惊讶地看着面前的大川，不知道他的葫芦里装的是哪一个葫芦娃。

大川说，我打算跟我最爱的姑娘求婚，你觉得这个戒指，怎么样？

春春忍着没哭，说，挺好的。

大川说，你帮我试试大小呗？

春春说，我不试。

大川说，你试试。然后大春抓过春春的手，把戒指戴上，很惊讶地说，这么合适吗？你戴戒指的样子，真好看。所以，你算是答应我的求婚了？

春春问，什么意思？那分手？

大川笑着说，吓唬你。

春春说，你滚，甲鱼和牛宝宝合体。

大川问，刺激吗？

春春说，还不够

大川说，你敢不敢吃霸王餐？

春春说，怎么不敢？

他们一溜烟跑出了铁板鸡店，那刺激，店里的其他食客一愣一愣的，只有前台收银员微笑着看着他们的背影消失，有时候，年轻真好，会拐着弯地对一个人好。

春春问，怎么没人追我们？

大川笑着说，不知道哇。

他们站在天桥上，脚下是车水马龙，春春说，你快看，你快看，那两棵树，好怪啊，一直不停地点头呢。

四

其实，在爱里，我们最怕的不是失去，而是怕在一起，没把想要的一一都经历过，去经历一碗阳春面的清淡，去经历一锅麻辣香锅的辣爽，从南向北脆皮炸鲜奶，由东向西饭团加海苔，陪宝宝吃饱饱，这才是爱最好玩的地方。

以前我老家村里有一对老夫妻，过了金婚，前年走了一个，迎春花开的时候，老头还是喜欢在老伴的坟前放一大堆吃的，把漂亮的风筝绑在迎春花上，风刮过的时候，风筝呼呼地响。

老头说，她从天上过的时候，会被漂亮的风筝吸引，她会停下来低头看看，好奇怪的老头，我会抬头看看，好奇怪的老太太。

他们那么恩爱，金婚啊，五十年，多么令人羡慕，可是后来，我听过这个故事的开头：爱，最残酷的部分，就是，你以为收起金戈铁马从此随了一个人平静，他会待你安好，护你到老，其实，你回头看，那些大风大浪全是他给的。

老头当年闯关东，也是帅小伙，喜欢上一个姑娘，家里的媳妇闻讯喝了药，差点死掉，后来落下病根，大概是心病。村里人都说媳妇太傻，其实外人哪儿懂，眼不见为净，成人之美也是一种爱情。后来小伙回来，俩人恩爱如初，只字不提过去。

后来我们听闻的故事，是老太太坐在家门口晒太阳，老头会在放羊归来的山野采了满山红，插在老太太的耳边，老太太说，你们都说那晚霞很美，可是抗过日上三竿炎热的时候，没人告诉我还有多久才能碰到。

我们走过山川湖海，以为经历了大千世界，足以吹牛遇见的花花草草，其实，我们不过是走到了微信运动排行榜第一名而已，我们的心酸，除了柠檬能懂，能示人的都是云淡风轻，我们羡慕的白头偕老，背后都是一堆一堆的故事。

后来春春问我，你知道一棵树爱上了马路对面的一棵树，然后怎样了？

我说，没有然后，如果开始就是错的，怎么撑到最后皆大欢喜？

春春说，在我们看不见的地方，它们爱得比谁都坚强，爱得比谁都滋润，真正踏实的爱是扎根越深越稳，你觉得大风大浪里，它们摇曳得好孤独，其实，手牵着手已经走过太多的春秋，所谓长情的爱，不过是陪你一岁一枯荣。

爱情，真的不是一件眼见为实的事儿，你看到的恩爱不一定是恩爱，你看到的吵架不一定是吵架，冷暖自知。

后来，我们一起在包子铺喝酒，老王从厨房里端出来准备好的鸡肉、圆白菜、洋葱、胡萝卜、红薯、年糕、辣椒酱，那一个个小碟里放着切好的辣椒圈、蒜片和辣酱，以前的时候，听说，爱情不可能像是做菜，全部都准备好了，再开始，其实不然，我们彼此暗恋的时候，就是在拼命准备最好的自己，一张口的时候，热乎的铁板鸡配着一句我爱你，有滋有味，辣吗？够辣。那是多美的时光，我喜欢你，这么巧，我也喜欢你。

我想起以前春春说的一句话，我辣么可爱，你什么时候娶我？

大川笑着说，春风吹又生。

真巧，春天来了，草在发芽，树在吐新绿。

我的男朋友丢了，你能帮我找找吗？

一

蕾子是个姑娘，她有一个本事，迄今为止，我跟老王都是大写的服，那就是吃辣，她吃辣的程度简直叹为观止，她是辣子鸡水煮鱼里面的辣椒当配菜，鸳鸯火锅锅底当汤咕咚咕咚喝，我们觉得她骨子里是湖南和四川混血，可是，她是东北姑娘。

我跟老王一直很好奇，这样的姑娘谈恋爱，是不是很劲爆，如果接个吻，会不会辣得男生抱头鼠窜跪地求饶终生难忘，所以，蕾子能不能找到一个辣得旗鼓相当的男朋友，我们很期待。

那天，蕾子推开包子铺的门，带着一个高高瘦瘦的男生，招呼我说，叔，一杯果汁，一杯啤酒，一盘香辣虾，香辣虾要多糖少辣，微微辣。按照她点菜的标准，不用猜，她一定是恋爱了，只有恋爱中的姑娘，才会散发这种舍己为人的光芒。

这男生爱吃甜不爱吃辣，我跟老王很是担忧他们的爱情，蕾子说，我爱得轰轰烈烈呢，你俩少诅咒我。

我问蕾子，你不觉得两个吃不到一个锅里的人，谈恋爱很费劲吗？

蕾子说，一锅两吃啊！叔，你越来越不懂年轻人的恋爱观了，你喜欢喝酒撸串上辣炒蛤蜊，我喜欢果汁芥末香辣虾，你跟哥们胡吃海塞侃大山，我跟闺蜜逛街逛街还逛街，改天咱俩一起吃轰炸大鱿鱼。相互独立互不打扰，爱的时候如胶似漆，分开的时候小别胜新婚，这才是恋爱的精髓啊！

我说，爱不是应该腻在一起互相渗透吗？

蕾子说，你的那套，爱就是相互包容，甘心为彼此改变的枷锁，不适合我。现在流行半糖主义，永远爱得神秘，永远爱得甜蜜，有空间，有自由。

我说，你说的是周末情侣吧。

蕾子说，对啊。

我说，也就是你趁年轻得瑟，吃点苦头，就知道了，这日子是柴米油盐里过出来的，这月子是滚刀山下火海走出来的，一个姑娘有两次浴火重生的机会，一次是恋爱，一次是生孩子，这自由背后都是一串串的代价，你觉得是爱情馈赠给你的礼物，其实冥冥中都标了价码，分期付款，刀刀见肉。

蕾子说，你吓唬我，一点都不可爱了。

我笑笑，我知道蕾子还小，她还是一个敢爱敢恨，喜欢就义无反顾，讨厌就转身即走的姑娘，她哪知道这爱情是刮骨疗伤，其实，你说，谁不是经历大风大浪，才知道水能载舟过海，才知道水能煮粥温饱。有时候我们拼尽全力地去爱，不过就是在一个人身上练手，熟能生巧，最后跟一个对自己好的人一起白头偕老，所谓爱情，不过就是一张过去的CD。

蕾子问，你觉得我跟那个大高个有戏吗？

我说，感觉到你没有用力。

蕾子问，什么意思？

老王说，差那么一点火候。

我说，你爱不爱，明眼人一看就知道，喜欢一个人是藏不住的，你看他的眼神，你说话的语气，你的肢体动作，都无时无刻不在释放一个信号：我喜欢你。可是，你眼里没有那种恋爱的光芒，你说话的语气没有撒娇的尾音，你的肢体动作是欲迎还拒。

蕾子说，这么神奇吗？

我说，每一个人恋爱的时候，心里都有一套自己的标准，但是入了迷，中了邪，路过的人都会闻到你身上恋爱的味道。

蕾子疑惑地说，什么味道？

老王说，像是阳光留在被子上的味道。

蕾子笑着说，你滚，那是螨虫的味道，好不好？

我说，像是麻和辣留在虾身上的味道，入肉三分。

蕾子说，我试了很多次，可是我找不到那种感觉。从前，你在一个人身上试过春天在桃树上做的事儿，就像你试过香辣虾配啤酒，往后怎么将就？

二

大概一个月后，蕾子失恋了，来包子铺，她问我，叔，酒好喝吗？

我问，怎么了？

蕾子说，没事。

我问，你那高个子小男朋友呢？

蕾子说，分了。

我说，现在知道，半糖不甜了？

蕾子说，叔，你居然戳我伤疤，一点都不可爱了。

我说，当初你俩那股冬雷震震夏雨雪那股劲儿，现在才知道是天雷勾地火，天地合，乃敢与君绝。

蕾子说，叔，我要喝酒，烈酒！我现在终于知道了，你在一个人身上丢的味道，很难在另一个人身上寻回，丢了就是丢了，甭指望写个寻物启事，就能寻得回。

想来，一场爱情是要经历几段挣扎的，我对你仍有爱意，我对你仍心存侥幸，我对你大失所望，我对你心如死灰。我们一步一步把自己逼入死胡同，抹着眼泪，一节一节地忘记。

蕾子说，我听说，夏天的夜晚最美，良酒配烧烤，良人配星辰，你不知道端起哪一杯酒，对面就会突然站一个人，祝你前程似锦。我听说，离别的时候，多吃虾，低着头剥虾的时候，没有人知道你哭了。我听说，他远走他乡，不爱我了。

我说，你现在择爱的标准，还是从前的样子吗？

蕾子说，我可能一下子不会爱了，以前的时候，不知道节约，把最好的自己浪费完了。

我说，你出入红尘才几回啊。

蕾子说，他妹妹结婚，邀请我参加，我居然再也躁不起来了。我记得以前分手的时候，我跟他妹妹关系那么好，那么好，我就是想，在他妹妹结婚的婚礼上，我还能再见他一次。

我说，还有念想？

蕾子说，但缺了一个名分。

我问，你想去吗？

蕾子说，碰见了，说啥，好久不见？我说不出口，他站在我面前，就像泰山塌了一样，我怎么还能好好跟他说好久不见。要是他旁边站着另一个姑娘，我怎么办？

三

好几年前，蕾子还是一个美术生，那时候，她常在画室里画水彩，她的水彩画得很棒，她喜欢画虾，红色的虾，艳得惊人，披着一身红，穿梭山水间，有灵气，有香气，毕竟我们见过的太多红色的虾，都是熟了以后的。

有一回，一个男生急匆匆地跑到她的面前，跟她说，我女朋友丢了，你能帮我找找吗？

蕾子有那么一瞬间是悲伤的，对，她暗恋那个男生很久了，但是她还是微笑着问，你女朋友长什么样子？

男生递给她一张铅笔素描，摊开素描，蕾子说，老师讲过很多次了，你这个光线不对，光应该从……

男生问，光应该怎么办？

那一张铅笔素描是蕾子的侧面，那睫毛仿佛跟着眼睛眨啊眨，蕾子一下子就脸红了，她突然就跑出了教室，高中时候的表白，对于一个女生来说，那是在心里把所有熟悉的少女心的电影情节过一遍，把所有从言情书里看过的故事过一遍。

男生冲着蕾子跑出教室的背影笑着说，我喜欢的女生，浑身都发光。

后来有天，他们在学校门口的饭店吃安徽板面，那男生不能吃辣，偏要辣的。蕾子不解，就问他，你这么自虐，干吗？

男生笑着说，如果非要说是自虐，那就是我喜欢你。你那么爱吃辣，我跟着吃辣，我想熟悉关于你的一切，这是最快的方式。

蕾子不解地问，你喜欢我哪一点？

男生说，我喜欢你早上七点到晚上八点，因为这个点，你跟我在一起。

蕾子说，可是，我有好多缺点。

男生问，比如说？

蕾子说，我很爱吃，能吃很多很多，火锅麻辣烫，鸡翅烤冷面，烧烤疙瘩汤。

男生说，那我陪你从街头第一家店吃到街尾最后一家店。

高中的时候，喜欢一个人真好，你可以拿你所学的一切赞美一个姑娘，文体不限，除诗歌以外，可是八百字哪够，你看见喜欢的人一眼，你就成了诗人，你写下一个已知我爱你，就能解一辈子一次方程式，别管他在你心里的哪个象限，你说两个以三米每秒运动的人，穿越人山人海，遇见那是多大的缘分啊！

蕾子说，我有一个消息要告诉你。

男生说，我也有一个消息要告诉你。

蕾子开心地笑着说，我先说，我先说，我要做你女朋友。

男生笑了笑。

蕾子问，你的好消息呢？

男生说，我突然忘记了。

他哪是忘记了，他只是不敢说，他要放弃高考了，家里给他安排了国外的大学，只是他看见蕾子那么欣喜，他就把这个悲伤的消息扣留下来了。他笑着说，这事儿，太值得庆祝了，你说，想吃什么，我请你。

蕾子说，香辣虾。我请你吃吧，你先欠我一顿。

男生说，好。

那天，他们点了大盘的香辣虾，男生一只一只给蕾子剥壳，蕾子吃得那么开心，那是她开始的一段感情里，最开心的一天，从那天开始，她都在接近一场告别，只是她自己不知道，她以为抓住了一只虾，就拥有了整个海洋。

悲伤的消息比预想的来得要快，那天，蕾子在美术教室，男生推开门，就看见她的侧脸，很久以前，男生也是爱上了这个瞬间，现在男生要告别这个瞬间。男生看着蕾子那么认真地画着水彩，不忍开口。

蕾子笑着说，是不是想约我？

男生说，我能告诉你一个悲伤的消息吗？

因为我爱过你，那条街道知道你走过的痕迹，那街道叫你的名字，点的菜知道你唇齿的节奏，那道菜叫你的名字，穿的衣服知道你拥抱的味道，那味道叫你的名字，你走后，我所生活的一切都叫你的名字，这毒咒真毒。

那天，蕾子把男生送到机场，她抱着男生，哭得一塌糊涂，男生说，我会在彼得堡跟你一起加油，你一定要好好画画，将来还要开大大的画展呢。

蕾子说，你要记得，你还欠我一顿香辣虾。

四

香辣虾应该是最像失恋的一道菜，那一只可爱的虾，背后挨一刀，挑出黑线，然后在热油锅里走一遭，蜷缩身体，自己疗伤。辣和甜，互相交融，壳酥肉嫩，味道入肉三分，一口一口刻骨铭心。你想，那虾得多疼啊！

蕾子跟她男朋友分手的那天，她自己一个人吃香辣虾，酒喝到胃出血，怎么说呢，惊天动地的爱情多数都以悲剧收场，你看，梁山伯祝英台，你看，罗密欧朱丽叶，我们年轻的时候，都以为自己可以抵抗一切侵蚀，爱得年少轻狂，到最后分开的时候，才知道，爱得年少荒唐。

男生走后，蕾子开始攒钱，筹划着要第一次远走他乡去见他，那个他乡是她能想到的最遥远的距离，她开始教小朋友画画，她开始省下早餐的钱，她开始谋划着退学要去陪男生一起上学，男生很兴奋，那时候小小的梦想，都想去实现。

可是最后蕾子的计划泡汤了，她妈妈知道她要退学，很伤心，那时候，她哪管这一切，她就是想跟她喜欢的人在一起，最后，她还是抱着妈妈哭了。妈妈问她，你那么喜欢他？

蕾子说，嗯，我觉得我这辈子一定会嫁给他。

妈妈问，他能给你什么？

蕾子昂着头说，爱。

妈妈说，你们连攒一张见面的机票，都这么费劲，你知道，你往后的生活会有多苦吗？

蕾子哭得更厉害了。想想，爱，能有多强大，隔着山海，信号就弱，见一面，都耗尽了大部分的气力，还能怎么爱？我不过在手机上等你一句晚安，浪费的是一晚，可是等你一句你愿意嫁给我吗？要浪费多少光阴。

蕾子还是攒够了漂洋过海去看他的钱，她站在异国的机场，他从远方跑过来抱着她，她在人山人海里那么幸福，他说，你瘦了。

蕾子笑了笑。

有时候你撑起的坚强，对方一笑就给你击碎。蕾子踮起脚去亲那个男生，那个男生亲了亲她的额头，说，走，我带你去吃好吃的。

蕾子想起无数个孤独的夜里醒来，盯着窗外远方的天空，那星星一眨眼一眨眼，她对他的爱，也如此，忽强忽弱，弱的时候，她就用星星安慰自己，然后继续躺下，翻个身继续睡。

蕾子问，你想我吗？

男生说，想。

蕾子又问，你想我吗？

男生说，想。

蕾子再问，你想我吗？

男生说，想。

那时候，最好的睡前读物是越洋的短信，盯着盯着就会迷迷糊糊睡着，等醒来，看到手机好几条信息，就开心地做着阅读理解，一句话，翻来覆去地读，直到把这句话的所有甜榨干，才开始读下一条。

男生问，平安夜，你怎么办？

蕾子说，一个人啃苹果，啃完一个，再啃一个。

男生说，可是，我没有苹果。

蕾子说，我有好多好多苹果，你回来，我削给你吃。

过了一会儿，男生说，你削完了吗？

蕾子说，嗯。

男生说，你送到楼下呗，我想吃。

蕾子下楼就看见男生搓着手哈着气，傻傻地笑。蕾子一下子蹦到他怀里，问，你怎么回来了？

男生说，我退学了，我想跟你在一起。

男生的妈妈找过蕾子一次，至于怎么谈话，蕾子从来没有提及过，只是后来，男生又回到了彼得堡，所有的任性都停在了二〇一五年四月十五日，蕾子分手了，以前的分手叫道别，现在的分手是在感情的后面画一个句号，她画了那么多年的水彩，才发现，原来只有画在感情后面的那个句号最好看，她爱极了红色，那个红色的句号格外的扎眼。

她会因为一个人，永远记住这一天。

五

他们最后一次碰面，是男生从彼得堡飞回来，蕾子那时候刚好在外地，坐二十多个小时的火车回来接机，她只买到一张站票，她站在火车车厢的吸烟过道，她问自己，值得吗？

有那么一个声音说，值吧，毕竟爱过一场，以后可能再也遇不到敢这么亲力亲为的爱了，夜里她被冻得蜷缩身体，一个大叔递给她一个毛毯，问她，去哪儿？

蕾子说，男朋友回来，去接他。

大叔说，异地恋？

蕾子说，异国恋。

大叔说，这难啊，疯狂的时候，你觉得一切很美，静下来，全是孤独，这种爱，拼到最后都是感动自己。你披星戴月赶来见他一面，这一路的心酸，只有你自己最清楚。感情不是靠打鸡血过日子，付出不平衡，爱情就不稳。

蕾子说，舍不得放弃。

大叔说，你知道壁虎遇到危险的时候，怎么做吗？

蕾子说，断尾巴。

大叔说，对啊，断尾求生。

那天，蕾子在机场接到前男友，她站在接机处，看着远方的人慢慢走近，走在人山人海里，她居然没有那么兴奋，或许她身上还有疲惫，他只会看到你笑脸相迎很温暖，却不知道你昨夜受了多少冷风吹。

他说，你真的来了？

蕾子笑着说，碰巧在，过几天出差。

后来，蕾子推开包子铺的门，带着一个高高瘦瘦的男生，招呼我说，叔，两杯啤酒一盘香辣虾，香辣虾要多糖少辣，微微辣。

男生问，你以前不是不喝酒吗？

蕾子笑着说，你以前还很爱我呢。

男生看了看她，最后还是没有说一句话。

蕾子说，你走后，我谈了一场恋爱，感觉不对，你在彼得堡用新欢替旧爱，我在马家屯用时间疗旧伤，最后我缴械投降，才知道，算你狠，对于爱情，替换永远比删除更有效。祝你幸福说得咬牙切齿，但是心里仍情愿。

我们记住一段感情，大概最清晰的是开始和结束的样子，至于中间我们一起经历的是什么，在时间面前会越来越淡，淡到我们回忆都回忆不起来，多年后你猛然想起，喜欢过那么一个人，可是他的样子已经模糊到像是街边的每一张脸，可是他笑起来眯着眼，跟你说的我爱你，那么清晰，因为你记得，那一刻，他的样子在你的眼睛里最美，噼啪噼啪地炸裂，像是烟花。

只是后来，再后来，我们都变了。

那天的最后，是男生付的账，他站在柜台前说，老板，你们的香辣虾做得真好吃，真辣，你看，我都被辣出来眼泪了。

蕾子说，还不如欠我一辈子了，现在你还了，我们终于两清了。

我想起一句诗：与君初相识，犹如故人归。你说，第一眼就心动的人，最后怎么甘心沦为朋友。何况，蕾子是什么姑娘，她是辣子鸡水煮鱼吃里面的辣椒当配菜，鸳鸯火锅锅底当汤咕咚咕咚喝，敢爱敢恨的东北姑娘。

所以那天，蕾子走出包子铺前笑着跟我说，叔，我要去参加他妹妹的婚礼。

我说，你想好了，要说啥？

蕾子笑着说，当然。我就说，我的男朋友丢了，你能帮我找找吗？

分开后，我们都变成了对方最爱的那个人

一

容我叫她青椒肉丝姑娘，她实在是太能吃青椒肉丝了，足足在我的店里吃过十一回，为什么记得那么清楚，倒不是我记性好，这是因为她手里的一张卡片，她每吃一次，就要在卡片上用力地划掉一次。以前的时候，我不解，觉得这个姑娘有点奇葩，我们店里从来不搞吃满十一次送一次这样的促销活动。直到她吃第十一份的时候，她很开心地跟我说，终于集齐十一次啦。我疑惑地问，接下来，你要召唤神龙了？

姑娘笑着说，给我来一瓶啤酒，我要吃香菇闷鸡翅。

我说，你别想不开，当初是你们约定好的，谁叫你先动情呢，不过是疗伤的一瓶红花油而已，你未必是真的喜欢他，你喜欢的也许只是他抹在你伤口上的那种幻觉。

姑娘说，你知道我为什么眼睛里常含泪水吗？

我说，因为你对这片土地爱得深沉？

姑娘接着说，分手后，我习惯迎风抽烟，呛得泪流满面，关键还是一碗青椒肉丝盖面，喜欢一个人，真的好邪门，知道从一开始就是一场游戏，偏偏当了真，牙我都可以自拔，偏偏一场爱情难以自拔。

我说，刚好只是一盘热乎的拔丝香蕉，你夹起来扯得越远，糖丝越长，只要一碗凉水，就可以轻易斩断情丝，也许现在是最好的，你可以冷静下来，好好想想，你喜欢的是他，还是喜欢彼此疗伤的同病相怜。

姑娘说，遇见的方式很多，我们偏选了最简单的一种，你一句你好，我一句你好。表白的方式很多，我们偏选了最逗逼的一种，我说我喜欢你，你说嗯我也喜欢我自己。告别的方式很多，我们偏选了最安静的一种，我不说话，你不说话。我不知道我们还会不会再见，但我希望你过得好，好好吃饭，好好恋爱，比我想象中还要好。

我说，还好，陷得不深，总是能拔出来的。

二

姑娘第一次来店里，说要点一笼韭菜虾仁包子，刚好她旁边的男士也要点韭菜虾仁包子，可是只有一笼了。总归是有先来后到，哪怕是前后脚。男士对姑娘笑笑，然后说，给这个姑娘吧。然后他们几乎又同时说，老板，再加一盘青椒肉丝。我们三个人站在吧台前，愣了好大一会儿。

有时候，相识就是这么美妙的一件事儿，两个陌生人，有共同的习性，各自生活，偏偏有一天，同时走进了一家包子铺，没有早一分张口，也没有晚一秒张口，偏偏就是那么巧，巧到，就像上天设好的一场宴局。

那天赶上店里快要打烊了，菜也挺少的，老王已经提前回家了，第二天还要起大早去早市买蔬菜。我只好用仅剩下的食材，炒了一盘青椒肉丝，没老王炒的地道，我还加了两个鸡蛋。

然后他们俩就坐在了同一张桌子上，店里有点冷清，怕气氛尴尬，姑娘问那男的，你介意放一首歌吗？那男的摇摇头。然后肉丝姑娘离座走到吧台问我，老板，给放一首轻音乐呗！我说好。肉丝姑娘说，你查一下《远方的寂静》。然后店里响起了这一首钢琴曲。

青椒先生问，你很喜欢这一首钢琴曲？

肉丝姑娘点点头。

青椒先生说，好巧，我喜欢他这一张专辑里的另一首钢琴曲，叫《日光告别》。我觉得我一生最大的难过，是淋了一场叫作失恋的大雨，是烈日下她的不回头，我站在日光下，跟那个傻瓜一样的少年划清界限，从此，他青涩，我成熟，彼此告别。你看。青椒先生打开手机里的便签，上面赫然写着：失恋第七天留念。

肉丝姑娘说，我比你惨，我刚失恋。

青椒先生问，你因为什么啊？

肉丝姑娘说，我差一点就结婚了，婚纱都选好了，我们分手了。我站在婚纱试衣间里，突然看着自己的脸，就哭了，觉得以后要跟那样一个男人过一辈子，我不敢想未来什么样子。我问他哪一件婚纱更好看？他说都好。我说，一辈子就一次啊，我就想漂漂亮亮风风光光的。他说，反正就穿一次，随便租一件就好啊，买多浪费啊！你觉得是我强词夺理吗？

青椒先生说，其实女人要的不是一件婚纱，是当一天公主的梦想，我觉得这一点都不奢侈啊。

肉丝姑娘说，我恋爱三年了，他从来没有给我买一件像样的礼物，我不是一个追求物质的女孩，我也有能力去买自己喜欢的东西，我就是受不了，每一次他给我买廉价的裙子高跟鞋，问我喜不喜欢，我还要满脸微笑地享受这个惊喜。他觉得我就是一个享受廉价礼物还很开心的姑娘，他觉得我就是一个几十几百块钱就可以取悦的廉价姑娘，可是我想要更好的生活。我受不了一个人不上进，还要怪对方要的太多，我能陪他一起吃苦，一起去努力打拼，可是现在，我做不到了，连同我那廉价的婚纱一起丢在了我来的路上，往后的路大家各自走吧。

青椒先生说，好多爱情都是在一起以后，越来越不知道为什么要一起走。要么吵架，要么冷战，反正最后结局一样，当初瞎了狗眼。我们以为的花好月圆，我们以为的来日方长，我们以为的长相厮守，最后都是冷笑话。

我站在柜台边对他俩说，人这一辈子大多数时候要讨好自己、忠于爱情、信仰未来，没有哪一场爱不伤筋动骨，红花油自己抹；没有哪一场追求不拼尽所有，感觉值就行；所有给永远的诺言如果你信，每天就有新鲜感。多数爱情不是幸福不够，是贪心要的太多，凭啥红玫瑰白玫瑰都要开在你的必经路上，凭啥麻辣闷锅鸡翅蒜香排骨一锅端上来。

青椒先生说，说说我的故事给你们听，我认识她的那个夏天是暑假，学生生涯里面最后一个暑假，我从学校刚领完毕业证，我在路边的牛肉粉店遇见了她，她也在，她比我先吃完，结账的时候她找不到了钱包，我看着她着急的样子，然后递给了老板八块钱，她说谢谢，你给我留个电话吧，我到时候还你。我笑着说，算了，就当我请你吃一顿饭好了。她执意要我电话，我后来给她写了一个纸条。

那天之后我们没有见过，她也没有给我打过电话。倒不是我惦念那八块钱，后来我慢慢淡忘了。有一天，我要面试一批新来的实习生，那一天她穿得很漂亮，化了淡妆，我一眼就认出了她，她比我激动，说，我们真的有缘。

那天，她要请我吃饭，我提议还是牛肉粉，她告诉我，她丢了那一张写着我手机号码的纸条，距我们上次见面大概有半年的时间了。严格来说，她算是我的学妹，我比她大一级，我是工商管理系，她是旅游系。后来，她就开始在我们公司上班了，我们见面的次数越来越多了。

我经常加班，她有时候会买了夜宵来看我，说是顺路。有时候我们会在凌晨两点的街边吃烧烤，喝多了说胡话。她毕业那天，我坐火车买了大束花去看她，一千二百多里地，在大礼堂里，我看着她戴着学士帽，特漂亮。我们还会在学校街边吃牛肉粉，然后陪她逛街，会坐在学校食堂前大大的台阶上聊天。她说，可惜，毕业了才遇见你。那么笨的女生，笨到经常把钱

235

包落在宿舍还以为丢了的女生，笨到弄丢了我写的电话纸条的女生，笨到面试居然不带简历的女生，你怎么舍得让她一个人过一生，然后我们就在一起了。

我替她扛的最大的一件事儿，是她带团遭遇台风天气，整个团滞留机场，有人闹事，整个团已经乱得不行了，地陪看她一个小姑娘，一副看笑话的样子。她在机场给我打电话哭，我说，你先安顿好他们，一切等回来再说。我告诉她，去买一瓶水，浇在头上，然后小跑回去，告诉那些游客，我们已经尽力争取了，现在所有的团都滞留了，附近的酒店都被订满了，但是我们还是帮大家争取到了一些，虽然差点，但是好歹还可以洗个热水澡，好好休息一下，酒店房间数量有限，大家尽量早去，晚到的，我们实在无能为力，抱歉了。

那件事以后，我想了很多，我离职了，我承认她做过太多太多让我感动的事，但是我认为那不叫爱情。感动跟心动，是两码事，我们当初说过，等游遍全世界，然后就停下来，结婚，可惜，现在我陪不了她了。原来这些年，我心疼的只是那个笨笨的女生，我扮演的就是大英雄，我没有我的爱情，所以，我现在失恋了，我站在阳光里，她说，我们去吃牛肉粉啊！我说，我们分手吧。她说你说什么，我没有听清，你再说一遍。我说，我要加一个卤蛋。现在我们七天没有联系了。

我问青椒先生，你想要的一见钟情是什么样？你们俩有心动的感觉吗？

那一刻肉丝小姐和青椒先生静静地看着对方，不知道算不算怦然心动，有些人遇见有些人，就是在同一个时间差里时针与分针的重叠，我们以为不停的重叠那叫缘分，而那不过是彼此轨迹里的一次擦肩而已，气场对了叫爱情，气场错了叫你瞅啥，瞅你咋地。哪有那么多巧合，只是因为在人群中多看了你一眼，再也没能忘掉你容颜，你想，那得多丑才能如此刻骨铭心啊！

三

再见到肉丝姑娘，她笑着跟我说，我恋爱了！

我说，那么快？

肉丝姑娘说，你认识的，那个青椒先生，我们签了一份恋爱合约，两个在爱情里受伤的人以疗伤的名义开始的恋爱，你说怪不怪？

我笑着说，知道你们俩会发生故事，但没想到会是这种剧情。

肉丝姑娘问，什么意思？

我说，我给你举个例子，寒冬深夜赶路的两个人遇见，你拿大衣换他篝火，他拿故事慰藉你的烈酒，不过彼此等价交换，天亮散场，你往南山南，他去北海北，此后天涯诉衷肠，身边又添新人，你还会记得多年前的深夜，一杯酒一地篝火吗？气场对，没错，那是感同身受的伤，伤口好了，拿什么慰藉回忆，拿什么兑现未来？

肉丝姑娘说，我觉得我们彼此心动了，是一样的气场，喜欢同样的电影，听同样的歌曲，连吃的都近乎一致，有我们一起想要去的远方。

我说，见过太多这样的爱情，你以为是心动，那不过是受伤后神经性的阵痛。你知道膝跳反射吗？就是这个道理。我希望的结果，一定是，尘归尘，土归土，爱情，没我们想的那么糟糕，你觉得你男朋友是常给你买廉价的礼物，那是你给他的错觉啊，你为什么假装开心呢？那些我们亲手毁掉的爱情，总觉得责任在于对方，实际上是我们一步一步助纣为虐。

肉丝姑娘说，我觉得我突然爱上青椒先生了。

我说，爱情不分先来后到，晚到的有什么错，喜欢一个人也不伤天害理，婚姻才分先来后到，晚到的就该识趣，烤韭菜跑人家西红柿炒蛋的锅里瞎搅和什么鬼。假戏真做，若挑破，你就是一个好人，一往情深的夜就靠五瓶啤酒一大盘烤肉烤鸡翅壮胆，那些坚信不疑的在一起最后都败在转身就忘，你在身边才是真实，其他免谈。偏你就相信，用爱疗伤，那不过是饮鸩止渴。你现在好好想想，你喜欢的是他这个人，还是如他一般阿司匹林止疼的幻觉。

肉丝姑娘咕咚咕咚喝了一大杯酒，突然说，我想跟他试试，我从来没有跟那么一个人气场那么合，真的，没遇见以前，我真的不相信一见钟情。现在我觉得，上天让我在最窘迫的时间里遇见他，一定是安排。

我说，你知道什么叫万里挑一吗？

肉丝姑娘说，我中不了彩票五百万，中不了再来一瓶，好不容易遇见一个喜欢的人，我还不一把抓住啊。

我笑着说，当年你遇见你未婚夫的时候，他一定是你的五百万，一定是你的再来一瓶，一定是你的盖世英雄踩着七彩祥云。你就作死吧，不经历一种可能，心永远骚动，得不得的永远在骚动，被偏爱的有恃无恐。

肉丝姑娘笑着说，恋爱总比闲着胡思乱想要好吧！

我们深刻理解一个概念，就是替换永远比删除更彻底，删除有时候是有后悔余地的，万一没有清空回收站呢？可是替换，是你眼睁睁地看着现在覆盖过去，而过去再也不见了。所以我们听闻，治愈失恋，最好的方式是抓紧开始一场新的。

可是，没有人告诉我们，匆忙地开始一段新的恋情，可能不是一件好事儿，因为新的恋爱有可能只是一个创可贴，伤好了便会被丢弃掉。难道，要周而复始地开始这种游戏吗？

四

我再见到肉丝姑娘，是她微信发给我的拍照，她跟青椒先生一起去了西藏，说走就走的那种。她说，他们在帐篷外数星星喝酒唱歌聊电影，从陈绮贞唱到刘若英，从李宗盛唱到罗大佑，从《日落大道》聊到《杀手》，从《雏菊》聊到《怦然心动》。她说，见过云海彩虹，也曾喝着酥油茶守望星空，但那不是她要的爱情，太美好。

他们曾经彻夜长谈，再谈及人间烟火，两个人在归来的火车上相互说谢谢，感谢彼此教给对方的事，我们都懂的大道理，偏偏要拿命去体验，这一场经历真好，无限接近于爱情，就像西藏的天空无限接近于天堂。他们都在爱情最疲惫的时候遇见彼此，却不是彼此最合适的爱情。肉丝姑娘说，高原反应以为要死掉的那一刻，她想的不是要跟眼前这个男人一起去死成全爱的伟大，而是想起来未婚夫团购的餐券，不去吃，过期就可惜了。青椒先生说，三千多米高，呼吸困难的时候，想打一个电话告诉牛肉粉姑娘，花该浇水了，真想再跟你去吃一顿牛肉粉，卤蛋加两个的那种。

那一种心动，其实多年以前我们都遇见过，肉丝姑娘说那一天是他把她的长发别到耳朵后，青椒先生说那一天是她从背后抱着他，他正在炒青椒肉丝。当初遇见都曾发誓一生一世，往前走不了几步，互生埋怨，若停下来想想，若回头看看，哪一对恋人第一次遇见不是天生般配，比如青椒遇见肉丝，可是，过烟火日子，踏实心安才会快乐。他们在旅行中明白，卑微地活着，为喜欢的人活着，那才是我们想要的爱情，那些成全爱情伟大的事，交给罗密欧朱丽叶，交给梁山伯祝英台，就好。

肉丝姑娘结婚了，新郎不是青椒先生。青椒先生重新找了一份工作，跟他的牛肉粉姑娘和好了。我记得那一天，店里很多人，我从外面刚回来，有两个人突然一起说，老板，加一份青椒肉丝。我抬起头，望着他们，突然笑了笑，人生好巧。肉丝姑娘的老公挺帅的，牛肉粉姑娘的小马尾挺好看。

有时候，糟糕的不是爱情，是我们的心情，有时候，沉默的我们为什么突然变得滔滔不绝，要么喜欢的人在对面，要么桌上一杯温热的酒，我们不敢把糟糕的情绪丢给另一半，那些愿意受伤的人，都是最爱我们的人。

若是你轻易伤害陌生人，估计你得到的是一个巴掌的回击，你不过仗着对方喜欢你，你才敢无数次地伤害他而已，他不还手，他不还口，只是，因为他觉得，你还在他心里，还在他眼里。

五

有些事，是值得庆幸的，比如，青椒先生没有跟肉丝姑娘在一起。

没在最好的时间，遇见正好喜欢的人，那是相爱没把我们最好的一面带出来。黄焖鸡上桌了，没有米饭，别急，给爱一点时间，要相信生活会逼我们脱胎换骨，管你是一平盆面烙一平盆饼，还是刘老六的六块溜肉段，最后生活不过把你变成肉夹馍汉堡三明治，哪有天生合拍的爱？摩擦摩擦，才能在地板上打出溜滑。

现在回想起最后一次见肉丝姑娘，那一天我说过，你是肉丝啊，你去哪一道菜里都是主角，你管他那破青椒干吗，他去哪，充其量都是配菜。你要是不急，愿不愿意，再喝一杯果汁，醒醒酒，听我给你讲一个关于一见钟情的故事，那个故事，还有点长，我记得那个姑娘叫作鱼香肉丝姑娘，她第一次，来我的店里，我的包子师傅就喜欢上她了，嗯，那个时候，第一笼包子刚刚上桌，还热乎呢。